외국인 학생을 가르치는 한국어 교사들을 위한 말하기 수업 지침서

기능과 화행 중심의 한국어 말하기 활동

공저

조성문 · 손재은 · 장은화 · 임정남 · 안정호

제이앤씨
Publishing Company

기능과 화행 중심의 한국어 말하기 활동

한국의 국제적 위상이 높아지면서 외국어로서의 한국어 교육이 활발하게 이루어지고 있다. 이와 같이 한국어 교육의 영역이 넓어짐에 따라 실질적으로 현장에서 한국어를 가르쳐야 하는 교사들도 늘어나고 있다. 그러나 현장에서 직접 학생들을 대하는 한국어 교사들만을 위한 지침서는 매우 부족한 것이 현실이다. 그래서 많은 교사들이 실제 교육 현장에서 한국어 수업을 진행하는 데에 어려움을 호소하고 있다. 이에 따라 이번 집필에 참여한 저자들은 그동안의 경험을 토대로 한국어 말하기 수업에서 교사들이 유용하게 활용할 수 있는 말하기 수업 지침서를 마련하였다.

〈기능과 화행 중심의 한국어 말하기 활동〉은 기존 교재들과는 다른 특징을 갖고 있다. 그 특징을 정리하면 다음과 같다.

첫째, 이 책은 기능 중심으로 활동을 정리하였다. 기존의 교재들은 문법 중심 또는 수준별 분류에 의해서 학습 활동을 정리하였으나 이 책은 기능을 대기능, 중기능, 소기능으로 나누어 기능 중심으로 활동을 정리한 것이다. 그렇기 때문에 학습자의 수준에 따라 급에 맞게 다양하게 활용할 수 있다.

둘째, 이 책은 기존 문형 학습 수업과 병행하여 활용할 수 있다. 학습자의 수준에 맞추어 선행 학습된 문형에 따라 말하기 활동을 여러 가지로 나누어 다양하게 응용할 수 있게 하였다.

셋째, 이 책은 화행 중심 활동의 비중을 높였다. 즉, 거절하기, 요청하기, 칭찬에 반응하기 등과 같은 화행 중심 활동의 비중을 높여서 학습자들이 배운 문형을 현실 대화에서 쉽게 활용할 수 있도록 그 내용을 구성하였다.

넷째, 이 책은 수업에 직접 활용할 수 있도록 활동 자료를 첨부하였다. 활동 자료는 교사들이 실제 수업에서 사용할 수 있게 각 활동 부분 마지막에 첨부하였다.

다섯째, 이 책은 실제 수업에서 활용한 자료들로 구성하였다. 저자들이 한국어 교육 현장에서 직접 활용해 본 활동을 중심으로 책을 기술하였기 때문에 그 실용성이 매우 높다고 하겠다.

본 지침서가 한국어 교육 현장에서 보다 실용적으로 활용되기를 바라며 어려운 상황에서도 이 책의 가능성을 믿고 출간해 주신 제이앤씨의 윤석원 사장님 및 관계자 여러분께도 감사의 마음을 전한다.

2009년 4월
저자 일동

목차

기능과 화행 중심의 한국어 말하기 활동

VI. 문제해결

기능과 화행 중심의 한국어 말하기 활동

한드림스오촛크트

친교활동

기능과 화행 중심의 한국어 말하기 활동

01 인사

기능과 화행 중심의 한국어 말하기 활동

인사하기

학습목표	상황에 맞는 인사말을 주고 받을 수 있다.
활동형태	전체활동, 짝활동
준비물	대응쌍이 적힌 종이, 그림
사용가능 급	초급
소요시간	활동 : 50분

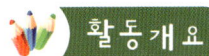 **활동개요**

기본적인 인사말을 학습하여 실생활에 사용할 수 있도록 구성하였다. 그림 자료를 활용하여 상황에 맞는 인사말을 이해한다. 다음으로 교사는 학습한 인사말들이 하나의 완성된 대화문으로 구성될 수 있는 상황을 제시해 준다. 학습자들은 조별로 대화문을 만들고 역할극을 해 봄으로 활동은 마무리 된다.

활동방법

1. 교사는 상황 그림을 칠판에 붙이고 그 그림에 맞는 인사말을 그림 아래 붙인다. <활동자료 1>

가: 만나서 반갑습니다.
나: 만나서 반갑습니다.

가: 미안합니다.
나: 괜찮아요.

가: 생일 축하해요.
나: 고마워요.

가: 안녕히 가세요.
나: 안녕히 계세요.

잘 먹었습니다.

가: 맛있게 드세요.
나: 잘 먹겠습니다.

가: 늦어서 죄송합니다.
나: 괜찮아요.

가: 안녕하세요?
나: 안녕하세요?

2. 큰 소리로 교사가 인사말을 읽으면 학생들은 따라 읽는다.

3. 교사는 학생을 ㉮와 ㉯조로 나눈다.

4. ㉮조에게 ㉮의 용지를 잘라서 한 장씩 나눠 주고 ㉯조에게도 ㉯의 용지를 잘라서 한 장씩 나눠준다. <활동자료 2>

㉮	안녕하세요	㉯	안녕하세요
㉮	안녕히 계세요	㉯	안녕히 가세요
㉮	맛있게 드세요	㉯	잘 먹겠습니다
㉮	미안합니다	㉯	괜찮아요
㉮	생일 축하합니다	㉯	고마워요
㉮	만나서 반갑습니다	㉯	만나서 반갑습니다
㉮	늦어서 죄송합니다	㉯	괜찮아요

5. ㉮조 학생 중 첫 번째 학생이 자신이 가지고 있는 인사말을 하면 ㉯조의 학생 중 대응쌍을 가진 학생이 인사에 대응한다. 자신과 맞는 대응쌍을 가진 학생이 한 조가 된다.

6. 조별로 배운 인사말을 사용해서 아래와 같은 상황에 맞는 완성된 대화문을 구성하게 한다.

두 사람이 만났어요.

⇩

오늘 친구의 생일이에요. 그런데 생일파티에 늦었어요.

⇩

생일파티에서 친구에게 선물을 줘요.

⇩

음식을 먹기 전에 말해요.

⇩

음식을 먹은 후에 말해요.

⇩

생일파티가 끝나고 집에 가요.

---

8. 충분한 연습을 마친 후 역할극을 해 본다.

도움말

1. 대응쌍을 이용한 활동은 중급이상에서도 가능하다. 적절한 상황에서 사용될 수 있는 대응쌍을 학생들에게 나눠주고 특정 상황에서 어떻게 말할 수 있는지 알게 한다. 이 내용을 역할극으로 확장시켜 활용한다.

2. 사용가능문법

입니다/입니까?, -어/아서, -게, -기 바라다, -어/아도 괜찮다, -(으)세요, -어/아 주세요.

01 활동자료

02 활동자료

㉮	안녕하세요
㉮	안녕히 계세요
㉮	맛있게 드세요
㉮	미안합니다
㉮	생일 축하해요
㉮	만나서 반갑습니다
㉮	늦어서 죄송합니다

나	안녕하세요
나	안녕히 가세요
나	잘 먹겠습니다
나	괜찮아요
나	고마워요
나	만나서 반갑습니다
나	괜찮아요

01 인사

기능과 화행 중심의 한국어 말하기 활동

칭찬하기

학습목표	타인의 장점을 이야기하고 칭찬에 대응하는 인사를 할 수 있다
활동형태	전체활동
준비물	작은 상자, 칭찬을 적을 수 있는 종이, 칭찬 대응 카드
사용가능 급	중급
소요시간	50분

활동개요

칭찬하기는 사회생활에서 친교활동을 위한 중요한 인사 기능 중 하나이다. 그러나 외국인 학습자가 언어문화에 맞는 적절한 표현을 하기 어렵기 때문에 수업을 통해 학습할 필요가 있다. 본 활동은 다른 사람의 성격, 외모, 능력 등에 대해 칭찬하고 칭찬을 들은 사람은 그에 적절한 대응을 할 수 있게 만드는 것이 목표이다. 이를 위해 우선 칭찬에 대응하는 방법을 학습자들에게 제시하고 상황에 따라 다양한 대응법을 연습 시킨다. 그리고 학습자들이 실제로 칭찬을 하고 거기에 대응해 봄으로써 실제에 적용해 볼 수 있다. 더불어 교실 내 학습자 간의 유대감을 증대시킬 수도 있을 것이다.

활동방법

1. 교사는 학교에 일찍 오거나 시험을 잘 본 학생들을 대상으로 간단한 칭찬의 말을 한다. 그리고 칭찬을 들은 학생들이 어떻게 대답하는지를 듣고 학생 발화를 칠판에 적는다.

2. 학생발화를 바탕으로 칭찬에 대해 대응하는 방법을 알려 준다. 칭찬에 대한 대응 방법은 네 가지 정도로 정리할 수 있다. 그 예는 아래와 같다.

	외모나 소유물	성격	능력
	A: ㅇㅇ 씨, 옷이 잘 어울려요.	A: ㅇㅇ 씨는 참 친절하군요.	A: ㅇㅇ 씨는 정말 한국말을 잘하시네요.
동의, 감사하기	① 네, 오늘 신경 좀 썼어요.	① 네, 감사합니다.	① 네, 열심히 하고 있어요.
칭찬 되돌리기	② b 씨도 오늘 참 멋있는데요.	② 저보다 C 씨가 더 친절해요.	② 선생님 덕분이에요.
칭찬 축소하기	③ 옷이 워낙 예뻐서 그래요.	③ 저를 잘 봐주셔서 그래요.	③ 뭘요, 아직도 멀었어요.
관용표현	④ 놀리지 마세요. 비행기 태우지 마세요. 뭐 먹고 싶어요?		

3. 교사는 학생들의 이름이 적힌 종이를 작은 상자 안에 넣는다.

4. 학생들은 상자 안에서 이름을 하나 뽑는다. 자신의 이름이 나올 경우 다시 뽑는다.

5. 학생들은 '칭찬 합시다' 종이를 받고 자신이 뽑은 학생의 칭찬 내용을 적는다. <활동자료 1>

6. 한 학생이 "저는 ㅇㅇ씨를 칭찬합니다."를 말한 후에 그 학생 앞에 가서 자신이 정리한 내용대로 칭찬해준다.

7. 칭찬을 들은 학생은 **2.**에서 학습한 내용을 바탕으로 적절히 대응한다. 이때 교사가 미리 네 가지의 대응방법이 적힌 카드를 준비하여 뽑게 할 수 있다.

8. 자신이 뽑은 학생을 다시 칭찬하는 방법으로 계속 칭찬 릴레이를 이어간다.

✏️ 도움말

1. 칭찬에 대응하는 표현은 여러 가지가 있으나 이 활동에서는 네 가지로 정리하였고 학습자의 수준에 따라 교사가 축소 또는 확장하여 제시할 수 있다.

2. 성격을 나타내는 형용사의 예는 '친절하다, 활발하다, 부지런하다, 성실하다, 꼼꼼하다, 밝다, 얌전하다, 마음이 넓다, 재미있다, 겸손하다, 예의가 바르다, 생각이 깊다, 다정하다' 등이 있다. 이것을 제시해 주면 다양한 칭찬 표현을 할 수 있을 것이다.

3. 칭찬을 할 때 전체 학생을 대상으로 "__씨는 __합니다."의 형식으로 말하는 것이 아니라 "__씨, ____군요(-네요)."와 같은 개별 대화 형식으로 칭찬해야 목표한 화행을 연습할 수 있다.

칭찬 합시다

저는 _____을/를 칭찬합니다.

외모나 소유물 :

성격 :

능력 :

02 소개

기능과 화행 중심의 한국어 말하기 활동

자기 소개하기

학습목표	자신에 대한 소개를 할 수 있다.
활동형태	전체활동, 짝활동
준비물	작은 상자 네 개, 나라/직업/취미/전화번호 등이 적힌 카드 10장
사용가능 급	초급
소요시간	활동 : 50분

활동개요

　인사하기와 더불어 자기 소개하기는 첫 만남에서 가장 중요한 기능 중 하나이다. 자신에 대한 정보를 타인에게 제공하고 타인의 정보를 얻음으로써 관계를 형성하게 된다. 교실 안 학생들의 국적과 직업이 다양한 경우에는 문제가 없으나 특정 국가, 직업에 한정된 학습자로 구성된 반인 경우 어휘가 극히 제한된다. 그래서 본 활동은 직업, 국적, 취미와 관련된 어휘를 다양하게 학습할 수 있도록 구성하였고 더불어 전화번호를 말함으로써 숫자를 자연스럽게 익힐 수 있도록 하였다.

활동방법

1. 학생들에게 신상정보 카드를 나누어 준다.
2. 이름을 쓰는 칸에 자기 이름을 쓰게 한다.
3. 교사는 학생 수 만큼의 '나라, 직업, 취미, 전화번호' 카드가 들어 있는 상자를 네 개 준비한다.

4. 한 사람씩 '나라, 직업, 취미, 전화번호' 상자에서 카드를 뽑아 그 내용을 카드 안에 적는다. <활동자료 1>

예

이름	제임스(실제 학생이름)
나라	미국
직업	디자이너
취미	수영
전화번호	010-777-7272

5. 학생은 완성된 신상정보카드를 보고 자기에 대한 소개를 간단하게 한다.

예 안녕하세요. 저는 제임스입니다. 저는 미국 사람입니다. 직업은 디자이너입니다.
취미는 수영입니다. 전화번호는 010-777-7272입니다.

6. 학생을 같은 수의 두 조로 나눈다. 아래 그림처럼 학생들을 두 개의 원으로 만들고 한 조는 바깥 원에 다른 조는 안쪽 원에 서게 한다. 이때 두 조는 서로 마주본다.

예

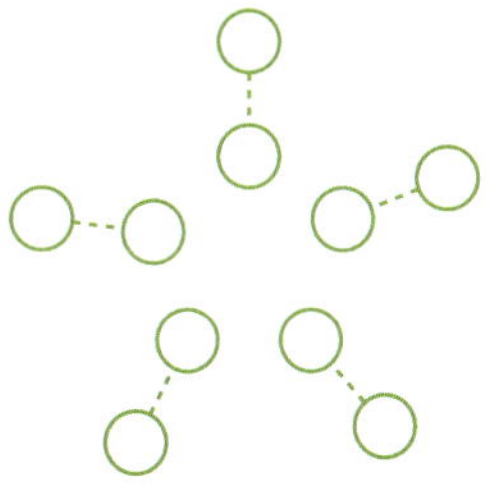

위에서 본 모양 (학생이 10명일 경우)

7. 교사는 다음과 같은 활동의 예를 보여준다.

예

> 교사: 이름이 무엇입니까?
> 학생: 제임스입니다.
> 교사: 제임스 씨는 어느 나라 사람입니까?
> 학생: 미국 사람입니다.
> 교사: 제임스 씨는 직업이 무엇입니까?
> 학생: 저는 디자이너입니다.

8. 바깥쪽의 학생은 질문을 하고 안쪽의 학생은 대답을 한다. 교사가 "그만"을 외치면 바깥쪽 학생들은 자기 오른쪽 방향으로 한 걸음 이동한다. 그러면 다른 학생과 짝이 되고 새로운 짝과 다시 자기소개를 한다.

도움말

1. 수업 시간이 부족할 경우 활동 5번에서 자기소개를 마무리할 수 있다.

2. 실제 한국어 교실 안의 국적과 직업이 다양하지 않기 때문에 다양한 어휘 학습을 위해 실제 자기소개가 아닌 가상의 자기소개를 하였다. 먼저 가상의 자기소개를 자연스럽게 말할 수 있도록 한 후에 실제 자기소개와 비교하는 말하기를 할 수 있다.

3. 나라, 취미, 직업이 아니더라도 급에 맞는 다양한 정보를 사용하여 말할 수 있다. 예를 들어 중급 이상에서는 한국에 온 목적, 미래 계획 등을 추가로 넣을 수 있다.

4. 사용가능문법과 표현

① 초급

이/가 아닙니다, -(이)세요, (이)라고 하다, 전에, 후에, 부터, -게 되다, 와/과 닮다, 제 N, 나이, 무엇, 어느

② 중급

처럼, (으)ㄴ 지 되다, -어/아 오다, 에 따르면, -나 보다, -(으)ㄴ가 보다, -(으)ㄹ 겸

01 활동자료

■ 신상정보카드

이름	
나라	
직업	
취미	
전화 번호	

02 소개

기능과 화행 중심의 한국어 말하기 활동

가족 소개하기

학습목표	다른 사람에게 자신의 가족을 소개할 수 있다.
활동형태	전체활동
준비물	가계도, 가족그림, 4절지
사용가능 급	초급, 중급
소요시간	50분

활동개요

본 활동은 가족 구성원에 대한 호칭을 이해하고 가족에 대한 정보를 말할 수 있게 하는 데에 그 목적이 있다. 이를 위해서 가족사진을 만들어 학습자 간에 가족에 대한 정보를 교환할수 있도록 한다. 학습자들은 가족들이 몇 명이고 무슨 일을 하는지 구체적인 정보를 다른 사람에게 제공하며 말하기 연습을 한다.

활동방법

1. 학생들에게 가계도를 나눠주고 가족 구성원에 대한 호칭을 학습한다. <활동자료 1>

2. 가족 구성원의 호칭을 이해한 후에는 나이를 말할 수 있도록 숫자를 익힌다. <활동자료 2>

3. 교사는 사진틀 <활동자료 3>과 가족구성원 그림 <활동자료 4>을 나눠준다. 사진틀에 자신의 가족을 오려 붙여 가족사진을 만든다. 가족구성원 그림은 가족이 많은 학생들을 고려해서 학생당 2~3장 정도를 나눠 준다.

예 가족 사진

예 가족 소개하기

> 우리 가족 사진이에요. 우리 가족은 모두 다섯 명이에요.
> 부모님이 계시고 형과 동생이 있어요. 아버지는 회사원이시고 어머니는 선생님이세
> 요. 형은 대학교를 졸업하고 회사에 다녀요. 동생은 고등학생이에요. 내년에 대학교
> 에 갈 거예요.

4. 자신이 만든 가족사진을 보고 반 학생들에게 가족소개를 한다. 이때 나이, 직업, 취미 등
   을 중심으로 이야기하는데 이야기가 끝난 후 가족에 대한 쓰기를 한다.

도움말

1. 실제 가족사진을 활용하여 수업을 진행할 수도 있고 가족 구성원이 너무 적어 말하기 내
   용이 부족할 경우 미래의 자기 가족을 생각해 보고 가족 소개를 할 수도 있다.
2. 가족소개를 할 때 나이, 직업, 취미뿐만 아니라 급에 따라 다양한 정보를 추가적으로 말하
   게 할 수 있다.
3. 말하기 활동을 한 후 그 내용을 쓰기 활동으로 연계할 수 있다. 따라서 <활동자료 3>의
   사진틀을 이용해 말하기 활동을 한 후에 아래의 작문란을 쓰기 활동에 활용한다.
4. 사용가능 문법
   -(으)ㄹ뿐만 아니라, 인데, -(으)ㄹ 때, -게 되다, (이)라고 하다, -어/아 보이다, -(으)ㄴ
   N, -(으)ㄹ N

01 활동자료

가족관계의 어휘		할아버지	할머니
외할아버지	외할머니	아버지(아빠)	어머니(엄마)
삼촌	고모	이모	이모부
여동생	남동생	언니(누나)	오빠(형)

보기

02 활동자료

세		살	
일 세	이십 세	한 살	스무 살
이 세	이십 일 세	두 살	스물 한 살
삼 세	삼십 세	세 살	서른 살
사 세	사십 세	네 살	마흔 살
오 세	오십 세	다섯 살	쉰 살
육 세	육십 세	여섯 살	예순 살
칠 세	칠십 세	일곱 살	일흔 살
팔 세	팔십 세	여덟 살	여든 살
구 세	구십 세	아홉 살	아흔 살
십 세	백 세	열 살	백 살

03 활동자료

04 활동자료

02 소개

기능과 화행 중심의 한국어 말하기 활동

다른 사람 소개하기

학습목표	다른 사람에 대한 소개를 할 수 있다.
활동형태	전체 활동
준비물	편지봉투 5장, 편지봉투사이즈 종이 10장, 두꺼운 도화지 2장, 학생사진, 사진을 붙일 종이
사용가능 급	초급
소요시간	50분

활동개요

　일상생활에서 대화 상대자에게 제 삼자나 혹은 타인을 소개하게 되는 경우가 종종 있다. 특히 학습자들이 사회생활을 원만하게 하기 위해서 소개하기 기능은 필수적이라고 할 수 있다. 따라서 본 활동은 간단한 신상정보에서부터 개인적인 취향까지 학습자의 급에 맞는 어휘나 표현을 다양하게 활용하여 다른 사람을 정확하게 소개하는 것이 목적이다. 개인 정보 카드로 자기 소개와 다른 사람 소개를 연계하여 할 수 있는 퀴즈 형식의 게임 활동이다.

활동방법

1. 학생들은 자신의 사진을 한 장씩 준비한다.
2. 학생들은 교사가 나눠준 종이 앞면에 자신의 사진을 붙이고 뒷면에는 자신에 대한 개인 정보를 적는다. <활동자료 1>

예	

이름:	안정호
국적:	한국
나이:	27살
직업:	운동선수
가족:	5명
취미:	노래, 요리

앞면   뒷면

3. 학생은 사진을 보여 주면서 자기에 대한 소개를 한 후 개인 정보 카드를 교사에게 준다.

4. 모든 학생의 자기소개 발표를 들은 후 교사는 다시 개인 정보 카드를 모아서 잘 섞은 다음 봉투에 담는다. 이때 학생들이 몇 번 봉투에 누구에 대한 정보가 있는지 모르게 해야 한다. <활동자료 2>

5. 학생들은 한 명씩 앞으로 나와 봉투 안의 카드를 꺼내 말하면 다른 학생들이 듣고 누구에 대한 이야기인지 말한다.

도움말

1. 사진은 학생들이 자신의 캐릭터를 직접 그림으로 표현하게 하거나 잡지 등에서 유명 연예인의 사진을 골라서 사용해도 된다. 혹은 폴라로이드를 사용해서 즉석 사진을 찍은 후 활동을 하는 것도 좋다.

2. 사용가능문법과 표현

   -(으)세요, (이)세요, 순차적 의미의 -어/아서, 이유 -어/아서, 와/과 닮다, 제 N, -어/아 보이다, -(으)ㄴ/는 N, 나이, 가족 관계

01 활동자료

이름 :

국적 :

나이 :

직업 :

가족 :

취미 :

이름 :

국적 :

나이 :

직업 :

가족 :

취미 :

이름 :

국적 :

나이 :

직업 :

가족 :

취미 :

이름 :

국적 :

나이 :

직업 :

가족 :

취미 :

02 활동자료

활동자료 만드는 방법

① 편지 봉투를 반으로 자른다. 봉투의 윗부분을 풀로 붙여서 두 개의 봉투로 만든다.
모두 5개의 편지봉투를 잘라서 10개의 봉투를 만든다.

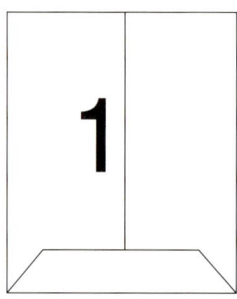

② 두꺼운 도화지에 다섯 개씩 봉투를 붙인다.

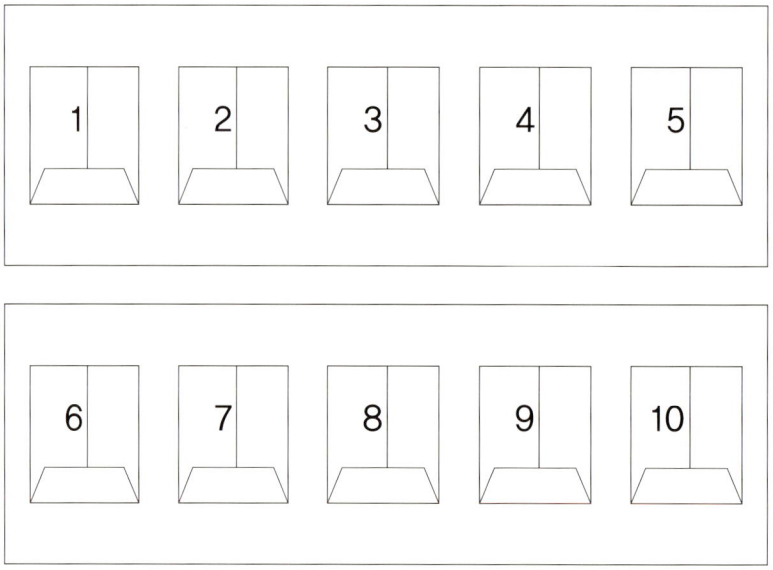

③ 봉투의 겉면에 1번부터 10번까지의 번호를 쓴다.

02 소개

기능과 화행 중심의 한국어 말하기 활동

취업면접 준비하기

학습목표	공식적인 상황에서 자기를 소개할 수 있다.
활동형태	짝활동
준비물	신문 취업 광고 4개, 인터뷰 용지, 자기 소개서
사용가능 급	중급
소요시간	100분

활동개요

중급 이상의 학습자에게는 개인적인 소개를 벗어나 좀 더 다양한 상황과 표현을 통해 발화할 수 있는 기회를 마련해줘야 한다. 본 활동은 다양한 직업과 그 직업에서 요구하는 어휘 및 표현 등을 학습하고 단순한 사실의 발화뿐만 아니라 창의적인 언어 학습을 도모할 수 있도록 구성하였다.

활동방법

1. 인터뷰 내용 정하기

❶ 교사는 3~4명으로 조를 나눈다. 각 조는 직원을 뽑아야 하는 입장이 되어 활동하게 된다.

❷ 교사는 취업광고와 인터뷰 용지를 나눠준다. <활동자료 1, 2>

❸ 각 조는 주어진 <활동자료 1>에 기반하여 어떤 인재가 필요한지, 어떤 내용으로 인터뷰를 할 것인지를 정해 인터뷰 용지를 완성한다. <활동자료 2>

2. 간단한 취업 정보 소개 (채용 설명회)

　　각 조가 돌아가며 채용설명회를 갖는다.

3. 인터뷰하기

　　❶ 각 조가 고용자와 지원자가 되어 교대로 취업인터뷰를 진행한다.

　　❷ 고용자는 인터뷰 용지에 적힌 내용을 취업 지원자에게 질문을 한다.

　　❸ 지원자가 고용자의 질문에 대답하는 동안 교사는 상황을 지켜보고 따로 학생들에게 줄 피드백을 생각한다.

　　❹ 인터뷰가 끝난 후 각 조에서 누구를 채용할 것인지 이야기한다.

4. 교사 피드백

　　학생들의 활동을 통해 문제가 되었던 오류들을 지적하고 교정한다.

5. 역할 바꾸기

　　수업 시간을 고려하여 취업 지원자와 고용자 역할을 바꾸어 본다.

도움말

1. 조는 반의 규모에 따라 나눌 수 있다.

2. 이력서 쓰기와 병행하기 <활동자료 3>

　　취업자는 이력서를 쓴 후 자신이 원하는 곳에 이력서를 제출하는 활동을 병행할 수 있다. 이때 이력서에 들어갈 내용을 학생들과 토론하여 정한다. 이력서쓰기와 인터뷰활동을 병행할 경우 시간이 많이 필요하기 때문에 교사의 적절한 시간 배분이 요구된다.

3. 학습자 수준에 따라 실제 신문 취업 광고를 그대로 이용할 수도 있고 학습자들이 간단하게 취업광고를 만들 수도 있다.

4. 사용가능문법과 표현

　　N적, -(으)ㄴ가/나 보다, 에 대해서, -(으)며, -게

01 활동자료

외국어 강사 모집

1. 영어

2. 중국어

3. 일본어

4. 기타

급여

대우

휴가

_____학원

아르바이트 모집

1. 서빙

2. 주방

3. 기타

* 급여

* 대우

* 휴가

_____ 식당

신입사원 모집

1. 관리

2. 통역

3. 홍보

급여

대우

휴가

00무역

02 활동자료

인터뷰 내용	점 수
우리 OO에 지원한 동기는 무엇입니까?	
본인이 OO에 적합하다고 생각하는 이유는 무엇입니까?	
총　　점	

03 활동자료

사　진	이　　　력　　　서		
	성　　명	㉑	여권 번호
	생년월일	년　　월　　일생 (만　　세)	
현 주 소			
연 락 처	집		e-mail
	핸드폰		
년 월 일	학력 및 경력사항		발행 기관

02 소개

기능과 화행 중심의 한국어 말하기 활동

진학면접 준비하기

학습목표	자신의 전공을 정하고 진학면접을 준비할 수 있다.
활동형태	전체활동, 조별활동, 개별활동
준비물	컴퓨터(인터넷사용 가능), 학업계획서 양식
사용가능 급	중급
소요시간	100분

활동개요

이 활동은 한국의 대학(원)진학을 목표로 하는 학습자에게 활용 가능한 활동이다. 대학 진학을 준비하는 학습자들은 한국어 실력뿐만 아니라 한국 대학 실정에 관한 사전 지식의 부족으로 많은 어려움을 겪는다. 따라서 학업계획서 쓰기와 이를 바탕으로 한 모의 진학 면접을 해 봄으로써 학습자들의 부담을 덜 수 있을 것이다. 우선 학업계획서 작성을 위한 준비 단계로 인터넷 검색부터 시작하여 전공을 선택하고 검색한 정보와 전공에 필요한 준비를 바탕으로 계획서를 작성한다. 마지막으로 조별로 모의 면접을 해 본다.

활동방법

1. 학생들은 자신의 관심분야 및 장래 희망에 대해 말하고 관련된 대학(원) 전공에 대해 이야기해 본다. 더 나아가 자신이 알고 있는 전공, 정보에 대해 서로 의견을 교환한다.
2. 교사는 학생들의 이야기를 바탕으로 관련된 전공을 간단하게 목록화하여 제시한 후 인터넷으로 검색해 보게 한다. 이때 전공뿐만 아니라 관련 직업, 자격증도 검색할 수 있도록 한다.

3. 전공을 선택하면 1학년에서 4학년까지의 학업계획을 양식에 맞게 작성하게 한다. <활동자료 1>

4. 학업계획서 작성이 끝나면 교사는 3~4명씩 조를 만든다.

5. 각 조의 학생들은 면접관과 응시자가 되어 면접을 진행하고 서로 역할을 바꿔 본다.

6. 면접관은 면접 채점표를 가지고 응시자의 대답에 점수를 매긴다. <활동자료 2>

도움말

1. 교사는 수업 전에 대학의 전공 및 학과에 대한 정보를 수집하여 준비한다.

2. 학업계획서는 간단하게 메모의 형식으로 준비하게 하여 짧은 시간 안에 작성할 수 있도록 한다.

3. 면접관이 채점 결과에 따라 응시자의 당락을 결정해 주면 보다 흥미로운 활동을 진행할 수 있다.

4. 사용가능문법

   ❶ 초급

   시간의 처소격 조사(에), -어/아요, -(으)ㄹ 거예요, -겠-, -(으)려고 하다, -후에, -(으)ㄴ 후에, -부터/까지

   ❷ 중급

   -(으)ㄹ까 하다, -(으)ㄹ까 말까 하다, -자마자, -(이)든지 -(이)든지, -(으)ㄹ 건지 -(으)ㄹ 건지, -었/았으면 하다/좋겠다

01 활동자료

1. 관심분야		
2. 관련 전공		
3. 전공선택		
4. 관련 자격증 & 직업		
5. 학업계획	1학년	
	2학년	
	3학년	
	4학년	
6. 장래 희망 & 계획		

02 활동자료

	의 견	점 수
1. 전공에 대한 지식		
2. 준비성		
3. 계획성		
4. 자신감		
5. 한국어 실력		
총 평 & 총 점		/ 50 점

03 약속

기능과 화행 중심의 한국어 말하기 활동

약속잡기

학습목표	약속을 정하고 거절할 수 있다.
활동형태	전체 활동
준비물	약속 카드, 일주일 약속 다이어리
사용가능 급	초급, 중급
소요시간	30분~50분

활동개요

　일상생활에서 인간관계 유지를 위해서 필수적인 활동 중에 하나가 약속이다. 가장 간단한 약속잡기로 '언제, 누구와 어디에서 무엇을'에 해당하는 요소들은 초급에서도 배우기 때문에 간단한 문형으로 이 활동을 수행할 수 있다. 더 나아가 중급에서는 약속잡기 활동에서 다양한 거절화행표현을 연습해 볼 수도 있을 것이다. 본 활동은 약속 카드를 뽑아서 만남을 제안해 보고 같은 카드를 가진 사람을 만날 경우 그 제안을 수락하고 그렇지 않을 경우 거절해 보는 활동이다. 자신이 정한 약속을 다이어리에 정리하고 계획을 발표하는 것으로 활동을 마무리한다.

활동방법

1. 약속 카드를 상자에 넣는다. 이 때 같은 내용의 카드를 각각 두 장 이상을 준비해야 한다. 같은 내용의 카드가 두 장 이상 준비되어야 약속이 이루어질 수 있기 때문이다. <활동자료 1>

2. 학생들에게 약속 카드를 세 장 뽑게 한다. 이 때 한 학생이 중복된 카드를 뽑으면 안 되므

로 같은 카드를 뽑게 되면 다시 뽑게 한다. 그래서 학생들은 세 장 모두 다른 내용의 카드를 가지고 있어야 한다.

3. 교사는 학생들에게 일주일의 약속 스케줄을 적을 수 있는 일주일 약속 다이어리를 각각 나누어 준다. <활동자료 2>

4. 카드를 뽑은 학생들은 약속잡기 활동에 들어가면 된다. 같은 반 친구에게 자신이 가지고 있는 약속 카드를 가지고 약속을 잡는데 이 때 상대방도 같은 카드를 가지고 있어야 서로 약속을 정할 수 있다.

5. 같은 약속 카드를 가지고 있는 친구를 만나면 약속을 정하는데 시간(요일)과 장소까지도 정해야 한다.

6. 약속이 정해지면 자신의 약속을 일주일 약속 다이어리에 적는다. <활동자료 2>

7. 상대방의 제안과 맞는 카드를 가지고 있지 않을 경우 제안을 거절해야 한다. 이때 교사는 다른 사람의 제안을 예의에 맞게 거절하는 방법을 알려 준다. 제안에 대한 거절 방법은 다음과 같은 다섯 가지 정도로 정리할 수 있다. 그 예는 아래와 같다.

요청	A : 정호 씨, 오늘 저랑 같이 영화 보러 가실래요?
사과하며 거절하기	B : 죄송하지만 오늘 시간이 없어서 안될 것 같아요.
정확한 이유를 들어 거절하기	B : 오늘은 다른 약속이 있어서 안될 것 같아요.
대안 제시하며 거절하기	B : 저는 안되지만 C 씨는 오늘 시간이 있다고 들었어요.
미래 수락을 속이며 거절하기	B : 오늘은 안되지만 다음에는 꼭 같이 봐요.
호응하며 거절하기	B : 저도 정말 가고 싶은데 시간이 안되네요.

8. 다이어리 7개 빈칸을 먼저 채운 학생이 게임의 승자가 된다.

9. 게임이 끝나고 자신의 일주일 약속을 발표하게 한다. 이때 '언제/ 어디에서/ 누구와/ 무엇을'을 배운 문법을 활용해서 정확하게 말하게 한다.

도움말

1. 학생들의 수준에 따라 약속 카드의 종류를 다르게 할 수도 있다. 또는 학생들에게 약속 카드를 직접 만들어 보게 해도 될 것이다.

2. 초급의 경우 약속 카드를 그림으로 제시해도 좋을 것이고 카드를 뽑기 전에 학생들에게 어떤 약속카드가 있는지 제시해 주고 단어를 복습시키는 것도 좋을 것이다.

3. 사용가능 문법과 표현

   1 초급

   -(으)ㄹ까요?, -에서, -어/아야 하다, -(으)ㄴ데/는데 -(으)시겠어요? -기로 하다, -(으)ㄹ게요

   2 중급

   -자고 하다, -대요, -(으)ㄹ 거래요. -(이)라도, -어/아야 겠다, -다/자/냐/라는 말이에요?

영화보기	쇼핑하기	운동하기
점심먹기	저녁먹기	생일파티
여행하기	찜질방가기	술 마시기
소개팅하기	노래방가기	시험공부하기
데이트하기	등산하기	박물관가기
차 마시기	컴퓨터 게임하기	숙제하기
산책하기	…	…

02 활동자료

Month _____

Weekly Plan

	누구와:
일요일	언제:
	어디에서:
월요일	
화요일	
수요일	
목요일	
금요일	
토요일	

03 약속

기능과 화행 중심의 한국어 말하기 활동

약속 변경하기

학습목표	약속을 정하고 상황에 따라 변경할 수 있다.
활동형태	전체 활동, 짝활동
준비물	약속 카드, 돌발 상황 카드
사용가능 급	초급, 중급
소요시간	50분

활동개요

본 활동은 정해진 약속을 특정한 이유로 변경해야 하는 상황에서 이루어질 수 있는 대화를 구성하는 것이 목적이다. 먼저 같은 약속 카드를 가진 학생들이 짝이 되어 약속을 변경해야 하는 특정한 상황을 뽑고 그에 맞는 대화문을 만들어 본다. 그 대화문을 가지고 역할을 정해 역할극을 해 보는 것으로 활동을 마무리한다.

활동방법

1. 약속 카드는 같은 카드를 각각 2장씩 학생 수만큼 준비한다. 예를 들어 학생이 10명이라면 5종류의 카드를 2장씩 준비하면 된다. <활동자료 1>
2. 학생들은 약속 카드를 뽑는다.
3. 학생들은 서로 같은 카드를 가진 학생을 찾아 약속을 정한다. 같은 카드를 가진 학생을 찾는 과정에서 약속수락, 거절, 정하기 등을 연습한다.
4. 같은 카드를 가진 학생을 찾아 약속을 잡으면 두 사람은 짝이 된다.

5. 전체 학생이 짝을 찾게 되면 두 학생 중 한 학생이 돌발 상황 카드를 뽑는다. <활동자료 2>

6. 카드를 뽑은 학생은 카드에 적힌 '돌발 상황'으로 약속을 변경해야 한다.

7. 약속을 변경하는 상황을 대화문으로 구성해 역할극을 만들어 발표한다.

도움말

1. 돌발 상황 카드는 학생들과 약속을 지킬 수 없는 상황에 대해 이야기하며 그 시간에 학생들과 함께 만들어도 좋을 것이다. 초급의 경우 상황을 보다 간단하고 쉽게 제시해 준다.

2. 약속을 변경하는 과정의 대화문을 직접 써서 교사가 수정한 후 역할극을 하게 하면 좀 더 정확한 말하기 연습이 될 것이다.

3. 사용가능 문법과 표현

   1 초급

   -(으)ㄹ까요?, -에서, -어/아야 하다, -(으)ㄴ데/는데 -(으)시겠어요? -기로 하다, -(으)ㄹ게요, -(으)ㄹ 것 같아서, -어/아서

   2 중급

   -자고 하다, V-대요, -(으)ㄹ 거래요. -(이)라도, -어/아야 겠다, -(ㄴ/는)다/냐/라/자는 말이에요?

01 활동자료

영화보기	영화보기
쇼핑하기	쇼핑하기
데이트	데이트
저녁먹기	저녁먹기
등산하기	등산하기
여행하기	여행하기
술 마시기	술 마시기
컴퓨터게임하기	컴퓨터게임하기
소개팅하기	소개팅하기

02 활동자료

회사에서 오늘 한 일이 잘못되어 부장이 화가 많이 났다. 눈치가 보여 일찍 퇴근할 수 없다.

약속장소를 잘못알고 다른 곳에서 기다리고 있다.

약속장소로 가는 중에 교통사고가 났다.

집에서 나가려고 하는데 열쇠가 없다.

약속시간을 잘 못 알았다.

갑자기 배가 아프다.

짝사랑하고 있는 친구한테 전화가 왔는데 만나자고 한다.

수업시간에 선생님이 갑자기 내일 시험을 본다고 한다.

길이 막힌다.

…

기능과 화행 중심의 한국어 말하기 활동

한국어뱅크프로젝트

II

사실적 정보 교환

기능과 화행 중심의 한국어 말하기 활동

01 묘사

기능과 화행 중심의 한국어 말하기 활동

같은 그림 찾기

학습목표	그림을 보고 장면을 묘사할 수 있다.
활동형태	짝활동
준비물	도시와 농촌, 어촌 등 다양한 모습이 담긴 그림, 봉투, 형용사 카드, 다른 그림 찾기 모음
사용가능 급	초급, 중급
소요시간	활동1 : 50분, 활동2 : 50분

활동개요

　본 활동은 묘사하기 기능을 활용할 수 있는 활동이다. 특히 한국어의 형용사는 그 수도 많을 뿐만 아니라 의미가 세분화 되어 있기 때문에 학습자들이 형용사를 잘 익히고 묘사하기에 활용하는 연습은 매우 중요하다고 할 수 있다. 먼저 초급 활동은 그림이나 사진을 보고 자신이 들고 있는 것과 똑같은 것을 찾는 활동이다. 상대방의 묘사를 듣고 찾아야 하기 때문에 다양한 명사와 형용사를 활용할 수 있다. 중급 활동으로는 틀린 그림 찾기를 설정하였다. 유사하지만 다른 부분이 있는 그림을 학습자 두 명이 서로 자신의 그림을 묘사하면서 찾아내는 것이다. 초급 활동보다 조금 더 자세한 묘사 능력이 필요할 것이다.

활동방법1-초급, 중급

1. 학생들은 형용사 카드를 통해 지금까지 배운 다양한 형용사들을 복습한다. <활동자료 1>
2. 교사는 똑같은 그림을 2장씩 준비한다. <활동자료 2>
3. 준비한 그림들을 섞어서 봉투에 넣는다.

4. 학생들은 봉투에 있는 사진들을 한 장씩 뽑아서 갖고 같은 그림을 가진 학생을 찾는다.

5. 이 때 2명씩 짝을 지어 서로 그림이 보이지 않도록 앉아서 자신의 그림을 묘사한다.

6. 서로 같은 그림인지 아닌지를 상대방의 묘사만을 듣고 확인한다.

7. 같은 그림이라고 판단되면 두 사람의 게임은 끝난다.

8. 다른 그림이라고 판단되면 다른 사람을 다시 찾아서 짝을 찾을 때까지 똑같은 과정을 반복한다.

9. 가장 마지막까지 짝을 찾지 못한 사람(2인)이 게임에서 지게 된다.

 활동방법2 - 중급

1. 중급 이상에서는 다른 그림 찾기 모음을 준비한다. <활동자료 3>

2. 준비한 그림 모음은 두 장이 유사하지만 다른 곳이 일정한 수만큼 있는 그림들이다.

3. 두 명씩 짝을 지어서 교사는 한 조당 유사한 두 장의 그림을 각각 한 장씩 나눠준다.

4. 두 학생은 서로 그림이 보이지 않도록 등을 대고 앉는다.

5. 한 명씩 번갈아 자신이 가지고 있는 그림의 모습을 묘사한다.

6. 서로 이야기를 하면서 다른 곳을 찾아낸다.

7. 그림의 다른 부분을 모두 찾아낸 순서대로 순위를 정한다.

 도움말

1. 학습자의 수준에 따라서 형용사 카드로 형용사를 복습하는 과정은 생략할 수 있다.

2. 형용사를 복습시킬 때 반의어와 함께 제시함으로써 의미를 명확하게 이해시킨다.

3. 중급 이상에서는 그림이 아닌 복잡한 사진을 준비해서 묘사의 방법을 좀 더 다양화 할 수도 있다.

4. 사용가능문법과 표현

 초급

-(으)ㄴ/-는/-(으)ㄹ, -인데, -고 있다, -아/어 있다

❷ 중급

-(으)ㄴ /는 편이다, -던, -(으)ㄹ 뿐만 아니라, -(으)ㄴ /-는/-(으)ㄹ 모양이다, -어/아 보이다, -(으)ㄴ/는/(으)ㄹ 듯하다

01 활동자료

크다	작다
길다	짧다
넓다	좁다
많다	적다
바쁘다	한가하다
깨끗하다	더럽다
높다	낮다

02 활동자료

03 활동자료

▌틀림 그림 찾기

01 묘사

기능과 화행 중심의 한국어 말하기 활동

사람, 물건 찾기

학습목표	사람이나 물건에 대한 묘사를 할 수 있다.
활동형태	전체 활동, 짝활동
준비물	사람 찾기 포스터 양식, 사진, 학생들 각자의 소지품, 가방이나 종이 봉투
사용가능 급	초급, 중급
소요시간	활동1 : 100분, 활동2 : 100분

활동개요

　본 활동은 사람이나 물건에 대한 묘사를 해 보는 활동이다. 첫 번째 활동은 사람 찾기 활동이다. 자신이 찾고 싶은 사람이나 좋아하는 사람의 사진을 가지고 사람 찾기 포스터를 제작해서 그 사람에 대한 여러 가지 묘사를 해 본다. 특히 헤어진 가족 찾기, TV공개 수배 등에 반 친구들을 활용하면 재미있는 수업을 이끌 수 있을 것이다. 두 번째 활동은 물건 찾기 활동이다. 자신의 물건 중 한 가지씩을 내 놓고 무작위로 섞은 후 학습자들이 각자 나눠 갖는다. 그리고 그 물건에 대한 묘사를 통해 자기 물건을 찾는 활동이다. 인물이나 물건에 대한 묘사를 통해 학습자들의 단어 활용 능력이나 말하기 상황에 대한 임기응변 능력을 길러줄 수 있는 활동이 될 것이다.

활동방법1-초급, 중급

1. 학생들에게 사람 찾기 포스터 양식을 나눠 준다. <활동자료 1>

2. 교사는 먼저 학생들에게 자신이 만들어 놓은 사람 찾기 포스터를 보여주며 실제로 학생

들이 할 활동의 예시를 보여 흥미를 유발한다. 예전에 다른 학생들이 이미 제작한 자료를 활용하여 보여주는 것도 좋을 것이다.

3. 포스터에 넣을 항목을 간단하게 설명해 주고 학생들에게 찾고 싶은 사람을 한 명씩 생각하여 발표하게 한다. 그리고 그 이유도 말하게 한다.

4. 여러 가지 아이디어를 공유한 후에 학생들에게 나머지 부분을 제작하게 한다.

5. 사진 자료는 교사가 준비해 온 사진에서 학생들이 골라서 쓸 수도 있고 학생들이 직접 준비해 온 사진을 쓸 수도 있다.

6. 제작이 끝나면 한 명씩 앞에서 자신의 포스터를 보여주며 사람찾기 방송처럼 발표를 해 본다.

 활동방법2 - 초급, 중급

1. 학생들에게 각자 자기 소지품 중 소중한 물건 한 가지씩을 종이봉투나 가방에 넣도록 한다.

2. 수합이 끝나면 각자 한 개씩 무작위로 뽑아서 보이지 않게 한다.

3. 모두 한 개씩 나눠 가진 후에 한 명씩 나와서 자신이 내 놓은 물건에 대해 묘사한다. 단, 정확한 물건의 명칭을 말해서는 안된다. 사용처, 사용방법, 모양, 색깔, 대략의 가격 등을 배운 문형을 활용하여 말한다.

4. 발표자의 물건에 대한 묘사를 듣고 학생들은 자신이 가지고 있는 물건이 묘사와 일치하는 물건일 경우 발표자에게 준다.

5. 위와 같은 방법으로 전부 자신의 물건을 다시 찾아 갖는다.

 도움말

1. 급에 따라 사람 찾기 포스터에 포함시키는 항목을 달리하고, 학생들의 흥미에 따라서 주제를 한정해도 무관하다. 예를 들어 잃어버린 가족 찾기(한 반의 학생들을 모두 가족이라고 가정하고 닮은 사람 찾기), 결혼 상대자 찾기, 룸메이트 찾기 등으로 주제를 한정해도 좋다.

2. TV에 나오는 공개수배 장면이나 헤어진 가족 찾기 장면 등을 통해 흥미를 유발할 수도 있다.

3. 사람 찾기 활동에서 만든 포스터는 교실이나 복도에 게시하면 학습자들의 수업에 대한 흥미를 지속시키는 효과도 기대할 수 있다.

4. 사용가능문법과 표현

① 초급

어떤-, -(으)ㄴ, -(이)ㄴ데, -고 있다, -(으)로 만들다

② 중급

-는 데다가 / -(으)ㄴ 데다가, -(으)ㄴ /는 편이다, -던, -(으)ㄹ 뿐만 아니라, -(으)ㄹ 것만 같다, -어/아 보이다

01 활동자료

사람을 찾습니다.

〈사진〉

1. 찾는 이유

2. 인상 착의 (키, 몸무게, 특징, 옷차림 등)

3. 사례금

4. 연락처

01 묘사

기능과 화행 중심의 한국어 말하기 활동

시 쓰기

학습목표	사물이나 사람의 모습을 묘사하여 시의 형태로 쓰고 낭독할 수 있다.
활동형태	개인 활동, 전체 활동
준비물	시 쓰기 단계별 학습지, 녹음 장비, 음악
사용가능 급	중급
소요시간	100분

활동개요

본 활동은 사물이나 사람의 모습을 묘사한 후에 그 내용을 시의 형태로 만들어서 낭독해 보는 활동이다. 여기에서는 전문적인 시 창작 활동을 요구하는 것은 아니다. 단지 '묘사하기' 기능을 시(詩)라는 형태를 빌려 연습해 보는 것이다. 따라서 학습자들에게 전체적인 작품성을 요구하기 보다는 묘사할 수 있는 기능을 연습시키는 것이 중요하다. 그리고 묘사한 내용을 녹음 장비를 이용해 시 낭송을 해 봄으로써 학습자들의 흥미도 유발할 수 있을 것이다.

활동방법

1. 교사가 묘사할 대상을 미리 정하여 학생들에게 보여주고 한 명씩 묘사하게 한다. 묘사 내용에 대한 적절한 피드백을 통해서 좋은 묘사의 예를 보여 준다.
2. 교사는 학생들의 발화를 칠판에 적고 같은 유형의 묘사끼리 배열하고 다듬어서 시의 형태를 만든다. 완성된 시의 형태를 음악과 함께 낭독함으로써 완성된 시의 형태를 보여 준다.
3. 먼저 보고 싶은 사람이나 묘사하고 싶은 사물을 정한다.
4. 사물에 대한 묘사와 사물에 대한 나의 느낌으로 나눠서 학습지를 써 본다. <활동자료 1>

5. 4.에서 쓴 내용을 바탕으로 시를 써 본다.

6. 시를 옆 친구와 바꿔서 서로 상대방의 시에 대해서 조언을 해 주고 고쳐 쓸 부분은 고쳐 쓴다.

7. 완성된 시를 가지고 낭독 연습을 한다.

8. 한 명씩 완성된 시를 발표한다. 발표할 때 교사는 배경음악을 틀어 주고 학생의 발표를 녹음한다.

9. 발표가 끝나면 녹음된 내용을 다시 들어 본 후에 다른 학생들의 감상을 들어 본다.

도움말

1. 대상을 묘사하는 것과 대상에 대한 생각이나 느낌을 표현하는 것이 다른 것임을 주지시키고 <활동자료 1>에서 2번과 3번을 나누어 쓰게 함으로써 묘사하기의 개념을 정확하게 이해시킨다.

2. 목표가 작품성이 뛰어난 시를 쓰는 데에 있지 않기 때문에 학생들의 묘사 내용을 연과 행만 구분하여 배열해도 문제되지 않는다. 학생들에게 시를 쓴다는 부담감을 최대한 줄여주는 것이 중요할 것이다.

3. 하루 전날 활동을 미리 공지해서 학생들에게 시낭송에 쓰고 싶은 배경 음악을 미리 준비해 오게 하는 것도 좋을 것이다.

4. 어렵지 않은 서정시 낭송 테이프나 CD를 미리 준비해서 학습자들에게 들려주는 것도 좋다. 그러나 학습자들이 시의 내용을 듣고 이해하는 것이 수업의 중심이 될 가능성이 있기 때문에 주의해야 한다.

5. 완성된 시를 깨끗한 종이에 옮겨 적고 그림도 그리게 해서 작은 시화전을 여는 것도 좋을 것이다.

6. 본 활동을 개별 활동으로 진행할 수도 있고 조별활동으로 진행할 수도 있다.

7. 사용가능문법과 표현

-아/어 있다, -(으)ㄴ /는 편이다, -(으)ㄴ/는/(으)ㄹ 만큼, -만큼, -스럽다, -(으)ㄴ/(으)ㄹ 듯하다, 마치 -(으)ㄴ -처럼, 마치 -(으)ㄴ/는 -처럼, -듯이,

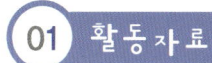 **01 활동자료**

 **시를 써 봅시다.**

1. 무엇에 대해 쓰고 싶습니까?

2. 그것은 어떻게 생겼습니까? (모양, 색깔, 크기)

①
②
③

3. 그것에 대한 느낌이나 생각은 어떻습니까?

①
②

4. 2번과 3번의 내용을 가지고 제목을 만들고 시의 모양으로 써 봅시다.

02 경험

기능과 화행 중심의 한국어 말하기 활동

전통 놀이하기

학습목표	전통놀이를 한국어 수업에 활용할 수 있다.
활동형태	조별활동
준비물	말판, 윷, 말
사용가능 급	초급, 중급
소요시간	활동1 : 50분, 활동2 : 100분

활동개요

본 활동은 한국의 전통놀이를 학습자에게 알림과 동시에 학습자가 배운 문법과 어휘를 윷놀이 방식을 통해 다시 한 번 확인하는 활동방법이다. 교사는 학습자에게 한국의 전통놀이 중 하나인 윷놀이를 수업에 도입함으로써 전통문화를 교육하고 지루할 수 있는 수업시간에 활기를 줄 수 있다. 윷놀이는 그 놀이 방식이 단순하여 초급에서도 손쉽게 가르칠 수 있고 말판의 형태를 급에 맞게 변형시킬 수 있기 때문에 모든 급에서 활용이 용이하다. 또한 자국의 전통놀이를 소개하는 시간을 갖고 전통놀이를 활용한 활동을 한다. 따라서 이 활동을 통해 한국의 전통놀이뿐만 아니라 다른 나라의 전통놀이도 경험할 수 있을 것이다.

활동방법1 - 초급

1. 학생들에게 윷과 말판을 보여 주고 윷놀이가 한국의 전통놀이임을 알려 준다.

2. 놀이 방법을 소개한다. 초급 학생들은 언어적인 문제로 윷놀이의 유래나 복잡한 용어 설명은 하지 않고 '도, 개, 걸, 윷, 모'와 '도' 중 '+'표시 된 것이 나오면 뒤로 한 칸 간다는 정도만 설명한다.

3. 한 급의 학생 수에 맞게 조를 나눈다.

4. 전통적인 말판에는 아무런 표시가 없으나 초급 교실에서 사용하는 말판에는 학생들이 이미 학습한 내용에 대한 질문을 적어 놓고 각 칸마다 적힌 문제를 해결하면서 윷놀이를 진행한다. <활동자료 1>

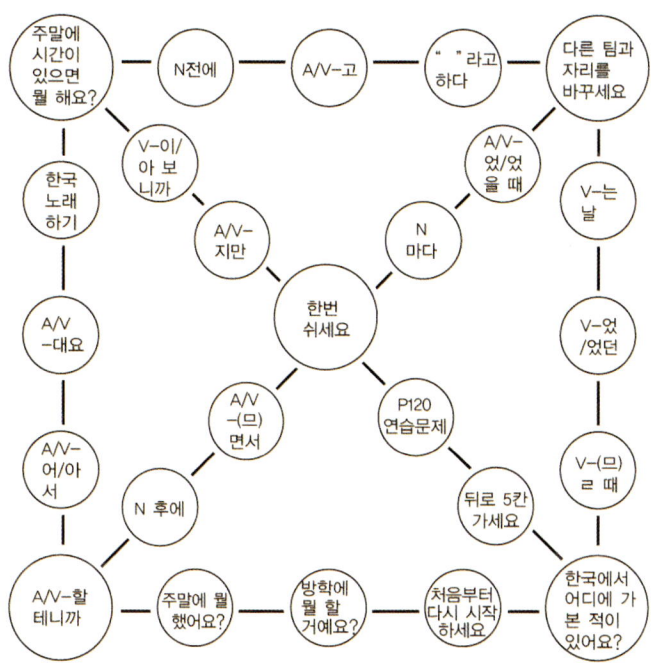

5. 조원들의 말이 빨리 나는 팀이 이긴다.

활동방법2-중급

1. 학생들에게 자국의 전통적인 놀이를 미리 알아오도록 한다. 전통놀이 이름, 유래, 방법과 이미지 사진이 있으면 찾아오도록 한다.

예 일본 전통놀이 '가루타'

이름	가루타(カルタ)
유래	가족끼리 즐기는 카드놀이로 어원은 포르투갈어의 Carta에서 유래하였다. 일본에서는 헤이안 시대에 대합조개의 껍질을 맞춰서 하는 「가이아와세」 놀이가 점차 변화하여 「우타카이」라든가 「우타가루타」 등이 되어 에도시대 중엽부터 설날에 하는 민속놀이가 되었다. 가장 오래된 것으로 「오구라햐쿠닌잇슈」를 들 수 있다.
준비물	
방법	전통 가루타 놀이 방법을 응용한, 히라가나를 이용한 가루타 놀이이다. 1. 카드를 한 장씩 잘라 "히라가나 카루타"를 만든다. 2. "히라가나 카루타"를 3줄로 나누어 가지런히 늘어놓는다. 3. 히라가나를 읽을 사람을 정한다. 그 사람은 히라가나 일람표를 보면서 한자씩 소리 내어 읽는다. 4. 나머지 사람들은 히라가나 카드를 찾아 집는다. 5. 가장 많이 찾은 사람이 승자가 된다.

2. 학생발표를 들은 후에 가장 간단한 놀이를 하나 골라서 직접 해 본다.
3. 학생들의 발표 후 교사는 한국의 윷놀이를 소개한다. 윷과 말판, 말을 직접 보여 주고 방법과 유래 등 구체적인 이야기를 한다.
4. 초급활동방법과 마찬가지로 중급에서 배운 표현이나 문법 등을 활용하여 말판을 채운다.
5. 조를 나누고 놀이를 한 후 빨리 나는 조가 놀이에서 이긴다.

 도움말

1. 윷놀이란

윷놀이는 '척사'라고도 한다. 옛날부터 전해 오는 한국 고유의 민속놀이로 보통 정월 초하루부터 보름날까지 즐겨 한다. 부여 시대에 5가지 가축을 5마을에 나누어주어 그 가축들을 경쟁적으로 키우기 위해서 한 놀이라고 하며, 윷을 던져 나온 결과인 '도'는 돼지, '개'는 개, '걸'은 양, '윷'은 소, '모'는 말을 의미한다.

윷은 보통 박달나무로 만드는데 윷놀이의 말판은 한쪽이 5칸씩으로 정사각형 가운데를 중심으로 하는 X자형의 5칸씩 총 29칸이다. 윷을 던져 땅에 떨어진 모양에서 하나가 뒤집어지면 '도'로 한 칸씩, 2개가 뒤집어지면 '개'로 두 칸씩, 3개가 뒤집어지면 '걸'로 세 칸씩, 4개가 모두 뒤집어지면 '윷'으로 네 칸씩, 모두 엎어지면 '모'로 다섯 칸씩을 갈 수 있다.

앞에 가던 상대편 말을 잡거나, '윷', '모'가 나오면 한 번 더 할 수 있으며, 이렇게 하여 4개의 말이 상대편보다 먼저 말판을 돌아오는 편이 승리한다. 또 한꺼번에 2개 이상의 말을 함께 쓸 수도 있으나 상대편 말에 잡힐 경우에는 더욱 불리하게 된다.

2. 사용가능문법과 표현

❶ 초급

초급에서 배운 모든 문법과 표현

❷ 중급

중급에서 배운 모든 문법과 표현

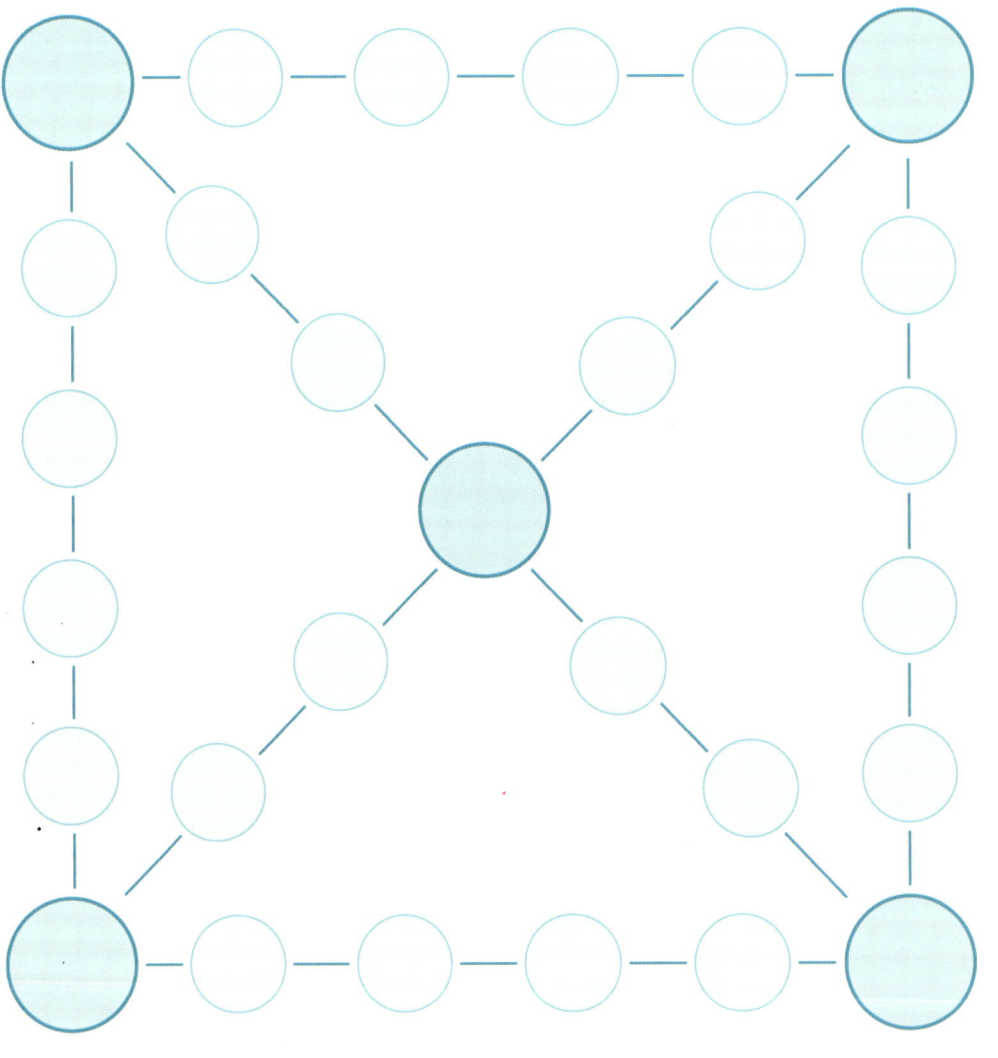

02 경험

기능과 화행 중심의 한국어 말하기 활동

여행 경험 말하기

학습목표	여행을 계획하고 여행 경험을 이야기 할 수 있다.
활동형태	조별활동
준비물	질문지, 다양한 색깔 펜, 사진이나 그림
사용가능 급	초급, 중급
소요시간	활동1 : 100분, 활동2 : 100분

활동개요

  본 활동은 학습자들이 교실 안 활동뿐만 아니라 교실 밖 활동을 하게 됨으로써 한국인과의 면대면 대화를 할 수 있다. 그리고 실제적 과제의 수행이라는 측면에서 학습효과를 높일 수 있는 장점이 있다. 한국인과의 인터뷰 질문지를 작성한 후 교실 밖 인터뷰를 통해 자료를 수집하고 여행을 계획한다. 그 계획을 바탕으로 여행을 하고 실제 자료를 이용해 발표하는 활동을 해 볼 수 있다. 또 중급에서는 발표 형식을 갖추어 말하기 활동을 한 후 보고서 작성까지 활동을 확장할 수 있다. 이 때 교사는 과제 수행에 소극적이거나 활동에 비협조적인 학습자가 과제에 관심을 갖고 활동에 임할 수 있도록 지속적인 관심을 가져야 한다.

활동방법1-초급

1. 교사는 조를 나눈다.
2. 한국사람 5명 이상에게 인터뷰하여 질문지에 추천할 만한 음식, 구경할 장소 등 자신들이 한국에서 알고 싶은 내용을 적는다. <활동자료 1>
3. 한국 사람들 중에는 학생들의 급에 상관없이 어려운 어휘로 말을 하는 경우가 많기 때문

에 조사한 내용은 사전을 찾아보고 어떤 내용인지 학생들이 내용을 파악하도록 한다.

4. 조별로 어떤 장소들이 추천되었고 그 곳에서 먹으면 좋은 음식, 구경할 것들은 무엇인지 등을 이야기하고 가장 흥미로운 장소를 한 곳 정한다.

5. 여행할 장소에 대해 다른 학생들 앞에서 이야기 한 후 교외활동을 계획한다.

6. 결정된 장소를 여행하고 사진을 찍어 발표 자료를 만든다.

7. 발표 자료를 가지고 여행 경험을 이야기한다.

▮▮▮ 인사동 ▮▮▮

✔ 드셔 보세요!

〈한정식〉

한 사람이 20,000원 좀 비싸지만 맛있었다.

✔ 가 보세요!

〈경인미술관〉   〈쌈지길〉

전통차를 마실 수 있어요.

✔ 구경해 보세요!

길에 예쁜 물건이 많다

✔ 사 보세요!

활동방법 2 - 중급

1. 교실 안에서 교사는 조를 나눈다.

2. 질문지에 조사의 이유를 적는다. <활동자료 1>

3. 한국인들에게 물어 보고 싶은 내용을 질문지에 적는데 초급과 달리 질문 내용을 공란으로 두고 모든 질문 내용을 학생들 스스로 정하게 할 수도 있다.

4. 조별로 어떤 장소들이 추천되었고 그 곳에서 먹으면 좋은 음식, 구경할 것들은 무엇인지 등을 이야기하고 가장 흥미로운 장소를 한 곳 정한다.

5. 여행할 장소에 대해 다른 학생들 앞에서 이야기 한 후 교외활동을 계획한다.

6. 여행 장소를 직접 방문하고 사진을 찍어 발표 자료를 만든다.

7. 중급 이상의 학생들은 이미 한국에서 어느 정도 생활한 상태이기 때문에 한국인이 추천한 장소에 대한 어느 정도 정보가 있을 수도 있다. 학생들이 발표를 할 때 자신들의 경험과 추천 내용을 비교하며 발표한다.

8. 자신들이 여행한 경험을 기행문으로 써서 최종 보고서를 제출하도록 한다. 직접 활동의 증거로 자신이 방문한 장소에서 찍은 사진이나 입장권 등을 보고서에 첨부하여 제출한다. 보고서는 아래 내용과 같이 형식에 맞춰 쓴다.

예

> **1. 보고서 내용**
>   1) 장소 선정 이유, 장소의 유래, 맛집, 쇼핑, 구경거리 등
>   2) 어려웠던 점, 재미있었던 점, 아쉬웠던 점을 중심으로
>   3) 앞으로 자신이 가 보고 싶은 장소
>
> **2. 보고서 형식**
>   1) A4 용지 4장 이상
>   2) 활동 과정 사진 첨부 (5개 이하)
>   3) 제목 글자 13point
>   글자 크기 10-11point
>   글씨체 선명조, 굴림체, 바탕체'
>   4) 표지를 붙일 것

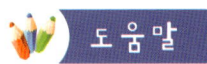 도움말

1. [활동방법 1]에서는 발표 후에 그 내용을 바탕으로 감상문을 쓴다. 감상문 내용에는 자신들이 경험한 내용과 조사 내용이 맞는지를 적는데 감상문 평가는 조별이 아닌 개별적으로 이루어진다.
2. 학교가 위치한 지역으로 추천 범위를 한정할 수 있다.
3. 사용가능문법과 표현
   ① 초급
   -(으)ㄴ/는 날, -고 , -(으)ㄹ 때, -었/았을 때, -(으)ㄴ/는 날, -어/아 보니까, -(으)ㄴ 적이 있다/없다, -때문에, -기 때문에, -(으)ㄴ/는 것 같다, -어/아 봤어요, -겠-, -어/아 하다
   ② 중급
   무슨/어떤/어느 N이나, -었/았더니, -었/았던 것 같다, -도록, -더라고요, -에 따라서, -에 의해서, -데다가, -다 보니, -(으)ㄴ 끝에, -곤 하다, -(으)므로, -다 보면, -다고 하더니, -(으)ㄴ지 N만에, -(으)ㄹ 뻔하다

01 활동자료

질 문 지

안녕하세요, 저는 ○○에서 공부하는 외국 학생입니다. (   )에서 외
국인에게 추천하고 싶은 장소를 알려 주세요.

장소	음식	구경할 곳	쇼핑할 것	

02 경험

기능과 화행 중심의 한국어 말하기 활동

장소에 따른 경험 말하기

학습목표	다양한 장소에서의 경험을 이야기할 수 있다.
활동형태	전체 활동
준비물	장소 카드
사용가능 급	초급
소요시간	30분

 **활동개요**

　본 활동은 장소와 그 장소에서의 일반적인 경험을 말해 보는 활동이다. 임의의 카드를 가지고 있는 한 학생에게 나머지 학생들은 그 장소에서 경험할 수 있는 일을 질문하고 그 장소를 유추해 본다. 질문의 횟수를 한정한 후에 끝까지 장소를 유추하지 못할 경우 장소 카드를 가지고 있는 학생이 이기게 된다. 이 활동을 통해서 장소 어휘를 익히고 그 장소에서 할 수 있는 일을 다양한 동사로 표현해 볼 수 있다.

활동방법

1. 교사는 학생들에게 장소 카드를 한 장씩 나눠준다. <활동자료 1>
2. 장소 카드를 가진 한 명의 학생이 앞에 나와 앉는다.
3. 나머지 학생들은 그 학생에게 오늘 배운 문법이나 표현을 사용해서 질문한다.

4. 교사는 질문을 받은 학생들이 나머지 학생들로 하여금 쉽게 정답을 맞힐 수 없도록 해야
   함을 주지시킨다. 전체 질문의 횟수는 학생들의 수에 맞게 적절히 제한한다.

예 <식당>

> 가 : 이곳에 가 봤어요?
> 나 : 네, 저는 자주 가요.
> 다 : 여기에서 무엇을 해요?
> 나 : 저는 여기에서 데이트를 해요.
> 라 : 여자친구가 이곳을 좋아해요?
> 나 : 싫어하지만 가야 해요.
> 마 : 왜 가야 해요?
> 나 : 안 가면 배가 고파요.
> 바 : 정답! 식당이요.

5. 장소를 맞힌 학생이 장소 카드를 갖게 된다.
6. 모든 학생들이 가진 장소 카드에 대한 질문과 대답이 끝나면 가장 많은 장소 카드를 가진
   학생이 게임에서 이긴다.

도움말

1. 학습자 수준을 고려하여 장소 카드 전체를 먼저 학습한 후에 활동을 시작할 수도 있다.
2. 배운 문법과 표현을 적절히 사용하여 질문과 대답을 하도록 유도한다.
3. 학생들이 게임에 대해서 제대로 이해하지 못할 경우 교사가 먼저 시범을 보일 수 있다.
4. 사용가능문법
   -고 , -어/아 봤다, -(으)ㄹ 때, -어/아 보니까, -(으)ㄴ 적이 있다, -(으)ㄴ 일이 있다, -(으)ㄹ
   만하다

01 활동자료

식당

우체국

커피숍

바다

PC방

서점

놀이공원

동물원

공항

학교

도서관

극장

02 경험

기능과 화행 중심의 한국어 말하기 활동

유학 생활 말하기

학습목표	한국생활에서 있었던 실수담을 말하고 역할극을 만들어 본다.
활동형태	전체활동, 조별활동
준비물	실수 상황 카드
사용가능 급	중급
소요시간	100분

활동개요

　이 활동은 낯선 환경에서 누구에게나 있을 수 있는 실수의 경험을 말해보고 역할극으로 만들어 보는 것이다. 우선 실수할 수 있는 상황이나 문화나 언어차이 등 실수요소가 적힌 카드를 학습자가 뽑은 후 조를 정해 역할극을 만들어 본다. 역할극이 끝나면 다른 학습자들은 그와 같은 실수에 대처했던 방법이나 지금이라면 어떻게 대처할 수 있을지 자신의 대처방법에 대해 발표하는 것으로 이 활동을 마무리 한다.

활동방법

1. 교사는 학생들과 유학생활 초기에 있었던 일들에 대해서 서로 이야기해 본다.

2. 학생들은 3~4명이 한 조가 되어 교사가 미리 준비한 카드를 한 장씩 뽑는다. <활동자료 1>

3. 조별로 자신이 뽑은 장소에서 일어날 수 있는 실수를 역할극으로 구성해 보고 발표한다. 이 때 역할극으로 만들어진 실수상황은 실제의 경험일 수도 있고 거짓일 수도 있다. 그것을 다른 학생들에게는 비밀로 하고 역할극이 끝난 후에 맞혀 보게 한다. 교사는 진위 여

부를 역할극 시작 전에 알고 있어야 한다.

도움말

1. 교사는 학생들이 배운 문법과 표현을 사용하여 역할극을 구성할 수 있도록 한다.

2. 본격적인 활동에 들어가기 전에 유학생활에 대한 이야기를 함으로써 역할극을 만들 수 있는 단서를 제공한다.

3. 장소를 뽑을 수도 있지만 학생들이 임의의 장소를 정해서 역할극을 구성할 수도 있다.

4. 사용가능문법과 표현

1 초급

-(으)ㄴ/는 날, -고 , -(으)ㄹ 때, -었/았을 때, -(으)ㄴ/는 날, -어/아 보니까, -(으)ㄴ 적이 있다/없다, -때문에, -기 때문에, -(으)ㄴ/는 것 같다, -어/아 봤어요, -겠-

2 중급

무슨/어떤/어느 N이나, -었/았더니, -었/았던 것 같다, -도록, -더라고요, -에 따라서, -에 의해서, -데다가, -다 보니, -(으)ㄴ 끝에, -곤 하다, -(으)므로, -다 보면, -다고 하더니, -(으)ㄴ지 N만에, -(으)ㄹ 뻔하다

01 활동자료

	지하철
	식당
	학교
	가게
	공항
	집
	은행
	도서관
	커피숍

03 계획

기능과 화행 중심의 한국어 말하기 활동

하루 계획하기

학습목표	하루의 일을 계획하고 말할 수 있다
활동형태	교사와 학생, 짝활동
준비물	다양한 직업이 적혀 있는 카드, 질문지, 하루 계획표
사용가능 급	초급, 중급
소요시간	50분

활동개요

본 활동의 목적은 하루 일과표를 작성하고 발표하면서 미래형 표현을 익히고 강화하는 것이다. 학생들에게 자신의 이야기를 하게 하면 어휘 확장이 어렵고 창의적인 표현을 공부하기 어려울 수 있으므로 우선 교사는 다양한 직업 카드를 준비한다. 학생들은 각자에게 주어진 직업 카드를 활용하여 그에 따른 일과표를 작성해 보고 발표하는 것으로 활동을 마무리한다.

활동방법

1. 학생은 교사가 준비한 직업 카드 중 한 개를 고른 후 카드에 적힌 사람이 되었다고 가정하여 활동한다. <활동자료 1>
2. 교사는 하루 계획표를 배부한다. <활동자료 2>
3. 학생들은 직업 카드를 활용하여 계획표를 작성한다.
4. 계획표 작성을 마친 후 두 명씩 짝이 되어 서로의 일과를 인터뷰한다. 이 때 교사는 짝이 된 학생끼리 직업 카드가 겹치지 않도록 유의해야 한다.

5. 학생들은 짝활동을 정리한 후 자신의 하루 일과를 발표한다.

도움말

1. 학생들 자신의 하루 일과는 비교적 비슷하거나 단순할 가능성이 많으므로 교사가 가능한 창의적이고 다양한 역할을 주는 것이 중요하다.
2. 하루의 계획을 세워 보는 활동은 보통 초급 수업에 적합하지만 질문의 난이도를 조절하여 중급 수업에서도 활용할 수 있다.
3. 본 활동자료를 이용한 하루 일과를 적어 보도록 과제를 줄 수도 있다.
4. 사용가능문법

   1 초급

   -에(시간), -어/아요, -(으)ㄹ 거예요, -겠-, -(으)려고 하다, -(으)러 가다/오다, -후에, -(으)ㄴ 후에, -부터/까지

   2 중급

   -(으)ㄹ까 하다, -(으)ㄹ까 말까 하다, -자마자

01 활동자료

오늘의 할 일

- 멕시코 대통령과 점심 식사
- 교육 문제 회의
- 테니스 약속
- 외국어 수업

대통령

오늘의 할 일

- 음료수 TV 광고 촬영
- 패션쇼 출연
- 요가 수업
- 마사지 받기

모델

오늘의 할 일

- 아들의 학교 선생님 만나기
- 집안 청소
- 장보기
- 동창 모임

주부

오늘의 할 일

- 노래, 춤 연습
- 인터뷰
- 콘서트
- 라디오 방송 출연

가수

오늘의 할 일

- 숙제하기
- 편의점 아르바이트
- 친구하고 영화보기
- 부모님에게 전화하기

학생

오늘의 할 일

- 수업 준비
- 숙제 검사
- 외국어 수업
- 데이트

선생님

오늘의 할 일

- 100m 달리기
- 물리치료 받기
- 연습 게임
- TV 프로그램 출연

축구선수

오늘의 할 일

- 장보기
- 식당 청소하기
- 은행가기
- 직원 교육하기

식당 주인

02 활동자료

_____ 월 _____ 일

03 활동자료

▌ 다음 질문에 답하십시오.

가. 몇 시에 일어날 거예요?

나. 일어난 후에 제일 먼저 무엇을 해요?

다. 몇 시에 일을 시작해요?

라. 꼭 해야 하는 일을 뭐예요? / 그 일은 몇 시에 해요?

마. 몇 시에 어디에서 누구하고 점심을 먹을 거예요?

바. 무슨 약속이 있어요?

사. 몇 시에 일이 끝나요?

아. 일이 끝나면 무엇을 할 거예요?

자. 몇 시에 집에 가요?

차. 집에 가면 뭘 해요?

카. 몇 시에 잠을 자요?

03 계획

기능과 화행 중심의 한국어 말하기 활동

인생 계획하기

학습목표	자기 소개를 통해서 배우자를 찾은 후 함께 미래를 계획해 볼 수 있다.
활동형태	교사와 학생, 짝활동
준비물	인물 사진, 자기소개용 메모지, 질문지
사용가능 급	중급
소요시간	100분

 활동개요

　본 활동의 목적은 현재의 자신의 대한 소개가 아닌 가상의 자기 소개를 한 후 배우자를 찾고 함께 인생계획을 세워봄으로써 그에 따른 어휘와 표현을 익히는 것이다. 교사는 학습자에게 각기 다른 인물과 역할을 주고 가상의 인물이 되어 자기 소개를 한 후 배우자를 찾도록 한다. 그리고 부부가 된 두 사람은 함께 인생계획을 세워 본다. 대부분 학습자의 연령대로 볼 때 아직 자신의 인생에 대해서 구체적인 계획을 가지고 있지 않은 경우가 많기 때문에 가상의 인물이 되어 보는 것이 효과적일 수 있다. 이러한 활동을 마친 후 학습자들은 과제로 자신의 실제 인생 계획을 완성할 수 있다.

 활동방법

1. 교사는 A4 사이즈의 인물 사진을 준비한다. 이 때 남자와 여자의 짝이 맞도록 한다. 예를 들어 총 인원이 12명인 교실에서는 남자 사진 여섯 장, 여자 사진 여섯 장을 준비하여 여섯 쌍의 부부가 만들어지도록 하는 것이다.

2. 준비된 사진을 학생들에게 나누어 준다. 이로써 사진 속의 얼굴이 자신의 얼굴이 되는 것
   이다.

3. 학생들은 각자 원하는 대로 직업을 결정하여 자기소개를 위한 메모를 작성한다. <활동자
   료 1> 이 때 교사가 먼저 작성하여 예를 보여준다.

예

이 름	안 정 호
나 이	28
직 업	의 사
월수입	700만 원

4. 학생은 자신에게 주어진 사진을 다른 학생들에게 보이면서 작성된 메모에 따라 자기 소
   개를 한다.

5. 학생들의 자기 소개가 끝나면 배우자로서 마음에 드는 사람을 선택한다. <선택방법은 도
   움말 4 참조>

6. 학생들은 자신의 배우자와 함께 질문지에 따라 인생계획을 세워 본다. <활동자료 2>

7. 학생들은 짝 활동을 정리한 후 두 사람의 인생 계획을 발표한다.

도움말

1. 교사가 인물 사진을 준비할 때는 유명 연예인과 같이 알려진 인물 사진을 사용하면 재미
   있는 수업 분위기를 유도하여 활동의 효과를 높일 수 있다. 이 때 가능하면 인상의 차이
   가 뚜렷한 인물 사진들로 구성하는 것이 좋다.

2. 고급수준의 학생이 아닌 경우 인생계획은 혼자 생각하기 막연할 수도 있으므로 짝활동으
   로 부담을 줄여 접근하는 것이 중요하다. 남학생과 여학생의 성비가 맞지 않는 교실에서
   는 각자 다른 성의 역할을 해 볼 수도 있다.

3. 질문지에 적힌 질문은 가장 기본적인 틀이므로 상황에 따라 여러 가지 대화를 주고 받을

수 있도록 교사가 짝 활동에 개입해 주어야 한다.

4. 배우자 선택 방법은 교실 상황에 따라 달라질 수 있다. 예를 들어 발표가 모두 끝난 후에 배우자를 선택할 수도 있고 한 사람이 끝날 때마다 선택할 수도 있다. 남성이나 여성 중 한 쪽에게 일방적인 선택권을 줄 수도 있고 다른 친구들이 다수결로 어울리는 짝을 결정해 줄 수도 있다.

5. 활동이 끝난 후 교사는 임의로 미래의 특정한 시간적 배경을 설정하여(예를 들어 20년 후) 자기를 소개하는 글을 써 보는 과제를 줄 수도 있다.

6. 사용가능문법

  1 초급

  -에(시간), -어/아요, -(으)ㄹ 거예요, -겠-, -(으)려고 하다, -후에, -(으)ㄴ 후에, -부터/까지

  2 중급

  -(으)ㄹ까 하다, -(으)ㄹ까 말까 하다, -자마자, N-(이)든지 N-(이)든지, -(으)ㄹ 건지 -(으)ㄹ 건지, -었/았으면 -하다/좋겠다

01 활동자료

이 름	
나 이	
직 업	
월수입	

이 름	
나 이	
직 업	
월수입	

이 름	
나 이	
직 업	
월수입	

이 름	
나 이	
직 업	
월수입	

이 름	
나 이	
직 업	
월수입	

이 름	
나 이	
직 업	
월수입	

활동자료

우리
결혼했어요!

1. 언제 결혼할까요?
2. 어디에서 살까요?
3. 어떤 집에서 살까요?
4. 아이를 몇 명 낳을까요?
5. 저축은 얼마나 할까요?
6. 언제까지 일을 할까요?
7. 일을 그만 두고 무엇을 할까요?
8.
9.

04 비교

기능과 화행 중심의 한국어 말하기 활동

음식 비교하기

학습목표	비교표현을 사용하여 음식의 특징을 비교할 수 있다.
활동형태	조활동, 전체활동
준비물	<음식재료>카드, <요리 레시피>
사용가능 급	초급, 중급
소요시간	30분~50분

 활동개요

외국인 학습자들에게 음식 이야기는 비교하기를 학습할 수 있는 좋은 주제가 될 수 있다. 왜냐하면 음식이라는 주제는 많은 학생들이 어렵지 않게 접근할 수 있는 주제로 학생들의 흥미를 쉽게 유발할 수 있기 때문이다. 본 활동에서는 학생들이 직접 재료를 뽑은 후에 그 재료로 만들 수 있는 요리를 가상하여 그 요리에 대한 광고지를 만든다. 각 조별로 만들어진 요리의 특징을 잘 파악한 후에 비교하여 말하기를 준비한다. 각 조의 발표가 끝나면 발표 내용을 바탕으로 최고의 요리를 뽑게 된다. 이러한 과정을 통해서 비교하기 기능을 연습할 수 있다.

활동방법

1. 교사는 2~3명으로 조를 나눈다.
2. 음식을 만들 때 필요한 기본적인 양념류(소금, 후추, 간장, 버터, 설탕, 식용유, 고추장, 고춧가루, 깨소금 등)는 필요에 따라 조별로 선택할 수 있다.
3. 학생들은 <음식재료>카드를 5장 뽑는다. <활동자료 1>

4. 5개의 <음식재료>카드를 가지고 만들 수 있는 요리를 정한다.

5. 요리 이름과 그림이 포함된 요리 광고지를 만든다. <활동자료 2>

6. 학생들 앞에서 요리를 광고할 수 있도록 맛, 모양이나 영양, 가격에 대해서 정리한다.

7. 광고지와 요리의 특징을 적은 자료를 교실에 게시한다.

8. 학생들은 게시된 자료를 보면서 자신들의 요리와 비교해 보고 비교한 내용을 중심으로 발표 준비를 한다.

9. 모든 발표가 끝난 후에 자신의 조를 제외한 다른 조의 요리를 한 가지씩 선택해서 최고의 요리를 뽑는다.

 **도움말**

1. 수업을 시작하기 전에 재료를 함께 공부해 보고 학생들이 추가하고 싶은 재료는 그 자리에서 추가시켜도 된다.

2. 본 활동은 비교하기 기능을 연습하는 것이 목표이므로 발표를 준비할 때 비교 표현을 활용하여 말하도록 다시 한 번 확인시켜준다.

3. 각 조별 발표를 듣고 학생들에게 먹고 싶은 요리에 스티커를 붙여 순위를 정해도 좋을 것이다.

4. 사용가능 문법과 표현

   ❶ 초급

   -지만, N하고 다르다, -같다, -처럼, -게

   ❷ 중급

   -에다가, -에 비해서, -느니 차라리, -(으)ㄴ/는 반면에

01 활동자료

양파	돼지고기	햄
김치	버섯	계란
오징어	밥	라면
당근	감자	조개
밀가루	두부	파
소고기	닭고기	고구마
우유	김	치즈

음식이름 : _____

맛	모양
영양	가격

04 비교

기능과 화행 중심의 한국어 말하기 활동

비교하여 찾기

학습목표	비교표현을 사용하여 친구를 묘사하고 누구인지 찾아낼 수 있다.
활동형태	전체활동
준비물	<학생이름>카드, 큰 종이
사용가능 급	초급
소요시간	50분

 활동개요

비교 표현은 초급과정에서 매우 중요하게 다루어지는 학습 내용이다. 따라서 본 활동은 비교 표현을 모든 학생들이 가능한 반복적으로 연습할 수 있도록 구성하였다. 학습자들은 각각 경찰과 도둑, 목격자가 되는데 도둑을 잡아야 하는 경찰은 비교 문형만 사용하여 목격자에게 질문할 수 있다. 목격자 이외에는 모두 경찰이 되므로 모든 학생들이 비교표현을 사용하여 문장을 만들어 볼 수 있는 기회를 갖는다.

 활동방법

1. 학생 한 명이 앞으로 나와서 반 학생들의 이름이 적힌 카드를 한 장을 뽑는다. 자신의 이름이 적힌 카드를 뽑아도 상관없다. 이 때 뽑힌 이름의 학생이 도둑이다.

2. 반 학생들은 경찰이 되어서 카드를 뽑은 학생에게 질문을 한다. 이 때 교사는 교실 안에 있는 물건이나 사람을 가지고 비교하는 질문만 허용된다는 것을 알려 준다. 대답하는 학생은 '예, 아니오'로만 대답할 수 있다는 것도 알려 준다.

예 도둑은 _____씨보다 키가 큽니까?

　　도둑은 칠판보다 얼굴이 까맣습니까?

3. 경찰인 나머지 학생들은 질문을 통해 얻은 정보를 바탕으로 교사가 나누어 준 종이에 그림을 그려 나간다. <활동자료 1>

4. 한 번씩의 질의응답이 모두 끝난 후에 완성된 그림을 바탕으로 도둑을 찾는다.

5. 도둑을 잡으면 한 게임이 끝나는 것이다. 다른 학생이 다시 목격자가 되어 범인 카드를 뽑는다.

6. 가장 많은 수의 도둑을 잡은 학생이 이긴다.

도움말

1. 교사는 학생들이 사람이나 사물의 크기, 모양, 색깔, 성격 등을 다양하게 비교하여 문장을 만들 수 있도록 미리 단어나 표현 연습을 충분히 시킨다.

2. 사용가능 문법과 표현

　1 초급

　　-지만, -하고 다르다, -같다, -처럼, -게, -게, N중에서 가장(제일)

　2 중급

　　-에다가, -에 비해서, -(으)ㄴ/는 반면에

01 활동자료

도둑은 누구일까요?

04 비교

기능과 화행 중심의 한국어 말하기 활동

물가 비교하기

학습목표	각 나라의 물가를 비교하여 말할 수 있다.
활동형태	짝 활동
준비물	데이트 계획표
사용가능 급	초급, 중급
소요시간	각 활동 100분

활동개요

본 활동은 학습자들이 가장 쉽게 비교할 수 있는 물가를 가지고 말하기 활동을 구성하였다. 학습자들은 우선 데이트 상대를 정하고 만원이라는 한정된 금액으로 각각 한국과 다른 나라에서 할 수 있는 데이트 계획을 짠 후 비교하여 발표한다.

활동방법

1. 학생들은 같이 데이트하고 싶은 상대를 정해야 한다. 데이트 상대 정하기는 교사의 재량에 따라 다양한 방법을 활용할 수 있다.

2. 데이트 상대가 정해지면 두 사람은 같이 만 원으로 할 수 있는 데이트를 생각한다. 이 때 두 사람은 한국에서의 데이트와 다른 나라에서의 데이트를 비교하여 생각한다.

3. 데이트 과정에서 할 수 있는 일들을 항목으로 정하고 거기에 드는 비용을 표시한다. 이 때 교사는 다음과 같은 사실을 알려준다. <활동자료 1>

❶ 전체 비용이 한국에서의 데이트는 만 원, 다른 나라에서의 데이트 역시 한국 돈으로 만 원을 넘지 않아야 한다.

❷ 세 가지 이상의 일을 반드시 같이 해야 한다.

4. 한국에서와 다른 나라에서 만원으로 할 수 있는 데이트 계획을 세운 후 그 항목을 비교하여 발표한다.

5. 발표를 마친 후 가장 잘 짜여졌다고 생각되는 데이트 계획을 뽑아 본다.

도움말

1. 데이트 상대를 자기가 좋아하는 연예인으로 정하여 개별활동으로 진행할 수도 있다. 이 때는 수업 전에 학생들에게 좋아하는 연예인의 사진을 준비해 오게 하여 <활동자료 1>에 붙여서 발표에 활용하게 해도 좋다.

2. 사용가능한 문법

-보다 더 , N 중에서, N 중에서 제일, -같다, -처럼, -게, -는 데에는 N이/가 좋다, -(에)게 달려있다, -기는 하지만, -(으)ㄹ 만하다, -만 (못)하다, -(으)ㄴ/는 편이다, -에다가, -에 비해서, -(으)ㄴ/는 대신에, -기는 하지만

01 활동자료

만 원으로 데이트하기

(주의! 세 가지 이상의 일을 하기)

내용과 비용(원)	
한국	_____
= 10,000원	= _____

MEMO

기능과 화행 중심의 한국어 말하기 활동

지적 태도 표현

기능과 화행 중심의 한국어 말하기 활동

01 초대

기능과 화행 중심의 한국어 말하기 활동

방문하기

학습목표	다른 사람의 집에 방문할 때나 손님을 맞을 때 적절한 인사를 할 수 있다.
활동형태	전체 활동, 짝활동
준비물	대화틀 연습지, 상황지, 동영상을 찍을 수 있는 카메라(녹음기), 돗자리 등 상황극 소품
사용가능 급	초급, 중급
소요시간	활동1 : 50분, 활동2 : 100분

활동개요

각 나라마다 다른 사람의 집을 방문할 때나 손님을 맞을 때 해야 할 인사가 있다. 따라서 본 활동은 학습자가 이와 같은 상황에서 예의에 맞는 인사와 말을 익히는데 목적이 있다. 우선 학습자들은 전형적인 대화틀을 이용해 연습하고 대화순서를 맞추는 게임을 해 본다. 그리고 맞춘 대화문으로 짝과 함께 실제로 발화를 녹음해 본다. 두 번째 활동은 대화틀 없이 학습자들이 실제로 한국인 집에 방문을 했다고 가정하고 얼마나 적절히 발화하고 행동하는가를 평가해 보는 활동이다. 따라서 교사는 이 활동에서 학습자들에게 비언어적 요소와 반언어적 요소까지 제시해 볼 수 있으며 학습자들은 한국의 예의에 맞는 적절한 상황대처능력과 언어적 순발력을 기를 수 있을 것이다.

활동방법1-초급

1. 교사는 다른 사람의 집을 방문했을 때 상황에 맞는 인사말을 제시하고 학생들은 실제 대

화하듯이 읽어보고 외우는 등 충분히 연습한다. <활동자료 1>

2. 교사는 각 상황의 대화를 문장별로 잘라서 순서를 섞은 뒤 봉투에 넣어 준비한다.

3. 학생들은 두 명이 한 조가 되어 대화문이 들어 있는 상황봉투를 뽑는다.

4. 두 사람이 협력하여 상황에 맞게 대화순서를 맞춘다.

   이때 빨리 맞추는 팀에게 완성된 대화를 녹음하거나 녹화할 기회를 줌으로써 적극적인 참여를 유도할 수 있다.

5. 학생들은 완성된 대화문을 가지고 상황에 맞는 역할극을 연습한다.

6. 각 조별로 역할극 발표를 끝낸 후에 대화문의 순서를 빠르고 정확하게 맞춘 팀을 위주로 녹음을 하여 활동을 마무리한다.

7. 녹음이 끝난 후에 교사와 학생들은 각 조의 결과물을 평가해 본다.

활동방법2 - 중급

위에서 제시된 활동을 방문예절과 관련된 중급활동으로 활용할 수 있으며 구체적인 방법은 다음과 같다.

1. 학생들은 3~4명이 한조가 되어 자신들의 역할을 나눈다.

   이때 한 명이 손님이 되고 나머지 학생들은 집 주인이 되는데 집 주인들은 할아버지, 할머니, 아버지, 어머니 등 인원수에 따라 어른을 포함한 가족으로 구성된다.

2. 상황은 크게 네 가지로 나누어 집에 들어갈 때, 식사할 때, 술 마실 때, 돌아갈 때의 상황을 차례로 연출한다. 교실 안에서 한국의 가정집 분위기를 연출할 수 있는 소품들을 준비하는 것 이 좋다. 준비되지 않았다면 방을 연출하기 위한 돗자리 정도만 준비되어도 무관하다.

3. 교사는 상황을 주고 학생들이 어떻게 대처하는지를 관찰한다. 가능하다면 동영상으로 찍은 후 나중에 동영상을 통해 피드백하는 것이 좋다.

4. 한 팀이 시연을 하는 동안 다른 학생들은 체크리스트를 가지고 학생들의 활동을 평가한다. 조언하기 란을 통해 학생들의 잘한 부분과 잘 못한 부분을 지적하여 적어보게 한다. <활동자료2>

5. 활동이 끝난 후 동영상 촬영분이 있다면 그것을 보면서 학생들의 평가를 듣고 동영상 촬

영분이 없다면 돌아가면서 학습자들의 활동을 평가해 본다.

도움말

1. [활동방법 1]에서 학생들은 자연스러운 역할극을 위해서 대화문을 외우는 것이 바람직하며 이때 교사가 필요한 반언어적 요소와 비언어적 요소를 지도하여 학습에 대한 흥미를 촉진시킬 수 있다.

2. 요즘에는 거의 모든 MP3에 보이스 레코딩 기능이 있기 때문에 쉽게 학습자들의 음성을 녹취할 수 있다. 그러나 MP3를 이용하여 학습자들의 음성을 녹취할 경우 그것을 마지막에 함께 듣는 과정에 CD로 제작을 해야 하는 번거로움이 있다. 물론 USB포트가 바로 연결되는 카세트가 있다면 큰 문제가 되지 않을 것이다. 그래서 간편하게 테이프 녹음기를 활용할 것을 권한다. 잡음이 많고 음성이 왜곡된다는 단점은 있지만 수정이나 삭제가 용이하고 녹음 즉시 학습자들과 다시 들을 수 있다는 장점이 있기 때문이다.

3. [활동방법 2]에서 모든 팀이 네 가지 상황을 처음부터 끝까지 시연하려면 시간이 많이 걸릴 수도 있다. 그러므로 학습 시간에 맞춰 교사들은 각 팀별로 상황을 한 개나 두 개씩만 주고 시연하게 해도 무관하다.

4. 사용가능문법

   ① 초급

   -어/아서, -(는) 군요, -(으)ㅂ시다, -(으)ㄹ게요.

   ② 중급

   -(으)ㄴ 가/나 보다, -잖아요, -(으)ㄹ테니까, -(으)ㄹ까 하다, -(이)든지, -(이)든지

01 활동자료

방문할 때	식사할 때
주인: 어서오세요. 집 찾기가 힘들지 않으셨어요? 손님: 아니에요. 저 이거 받으세요. 주인: 뭘 이런 걸 다 사오셨어요. 빈손으로 오셔도 되는데...... 손님: 별 거 아니에요. 주인: 그럼 고맙게 잘 쓰겠습니다. 어서 들어와서 좀 앉으세요.	주인: 차린 건 없지만 많이 드세요. 손님: 뭘 이렇게 많이 차리셨어요. 준비하느라 고생하셨겠어요. 주인: 고생은요 뭘. 맛이 있을지 모르겠네요. 손님: 맛있게 잘 먹겠습니다. 주인: 드실만 하셨는지 모르겠어요. 손님: 너무 맛있게 잘 먹었습니다. 주인: 별 말씀을요. 잘 드셨다니 다행이네요.

배웅할 때	
손님: 저 이제 그만 갈게요. 시간이 늦었네요 주인: 벌써 가시려고요? 더 놀다가 가세요. 손님: 아니에요. 가 봐야지요. 오늘 정말 즐거웠어요. 초대해 주셔서 감사합니다. 별 말씀을요. 와 주셔서 감사합니다.	손님: 나오지 마세요. 주인: 네, 그럼 멀리 안 나가겠습니다. 조심해서 가세요. 손님: 네, 안녕히 계세요.

02 활동자료

체크 리스트		네	아니요
들어갈 때	1. 예의에 맞는 옷차림을 했습니다.		
	2. 집 안에 들어갈 때 신발을 잘 벗고 들어갔습니다.		
	3. 상황에 맞는 인사를 했습니다.		
식사할 때	1. 어른이 먼저 드신 후에 먹었습니다.		
	2. 밥그릇을 들지 않고 먹었습니다.		
	3. 큰 소리를 내지 않고 먹었습니다.		
	4. 상황에 맞는 인사를 했습니다.		
술 마실 때	1. 어른에게 두 손으로 잔을 받았습니다.		
	2. 어른 앞에서 고개를 돌리고 마셨습니다.		
	3. 어른이 술잔을 놓으시기 전에 먼저 놓지 않았습니다.		
돌아갈 때	1. 상황에 맞는 인사를 했습니다.		
합계 :			
조언 :			

01 초대

기능과 화행 중심의 한국어 말하기 활동

생일 초대하기

학습목표	생일에 관련된 다양한 활동을 할 수 있다.
활동형태	전체 활동, 짝활동
준비물	생일 축하 노래 가사, 선물 그림 카드, 초대장 양식
사용가능 급	초급, 중급
소요시간	활동1 : 50분, 활동2 : 50분

활동개요

생일은 학생들이 가장 쉽게 접할 수 있는 행사이고 어렵지 않게 접근할 수 있는 주제이다. 본 활동은 실제로 한국에서 많이 부르는 생일 축하 노래를 배우고 초대장을 써서 초대하고 싶은 사람을 초대해 보는 데 목적이 있다. 더 나아가 중급에서는 여러 가지 선물을 뽑아서 그 선물이 가지고 있는 의미를 추측해 보고 그 선물이 가장 어울릴 것 같은 사람에게 그것을 선물하는 활동으로 까지 확장시켜 활동을 진행할 수 있다. 그리고 그 선물이 금기시 되는 나라가 있는지 알아보고 금기되는 선물에 담긴 의미를 각 나라별로 알아보도록 한다.

활동방법1-초급

1. 학생들은 각 나라의 생일 축하 노래를 돌아가며 불러 본다. 그리고 교사는 한국에서 부르는 생일 축하노래를 알려 준다. 가사가 복잡하지 않기 때문에 쉽게 배워서 함께 불러 볼 수 있을 것이다. <활동자료 1>

2. 교사는 학생들에게 생일 초대장 양식을 나눠 주고 그 날 배운 문형을 활용하여 초대장에 쓸 수 있는 문장을 함께 만들어 본다. <활동자료 2>

3. 자기가 원하는 초대장용 문장을 넣어서 초대장을 완성한 학생들은 초대장을 가지고 자기가 초대하고 싶은 사람에게 가서 초대장을 주고 자신의 생일에 초대를 해 본다. 이 때 자유롭게 초대의 말을 할 수도 있고 그렇게 할 수 없는 학생들은 초대장에 있는 문장을 그대로 읽어도 좋다.

4. 초대를 받은 학생들은 초대에 응할 것인지 응하지 않을 것인지를 그 자리에서 결정하여 초대에 대한 감사나 거절의 대답을 해 준다.

5. 초대장을 모두 나누고 난 후에는 학생들이 받은 초대장을 바탕으로 학생들의 생일이 몇 월 며칠인지 조사하여 공유할 수도 있다.

🌷 활동방법2 - 중급

1. 교사는 학생들에게 생일에 받아 본 선물 중에서 가장 기억에 남는 선물이 무엇이었냐는 질문으로 활동의 동기와 흥미를 부여한다.

2. 교사는 작은 상자에 여러 가지 선물 그림을 넣어 준비한다. <활동자료 3>

3. 학생은 선물을 한 가지 뽑은 후 그 선물을 생일 선물로 주고 싶은 사람에게 가서 선물을 주면서 축하의 말을 한다. 축하의 말과 함께 자기가 왜 그 선물을 주는 것인지 이유와 그 선물의 의미를 함께 설명해 준다.

4. 선물을 주는 사람의 말이 다 끝나면 자신의 나라에서 그 선물이 금기시 되는 선물이라고 알고 있는 학생이 있으면 "잠깐!"이라는 말과 함께 손을 든다.

5. 손을 든 학생은 그 선물이 왜 금기시 되는 선물인지 그 이유를 설명한다.

6. 선물을 주는 학생은 그 설명을 다 듣고 난 후 그래도 그 선물을 줄 것인지를 결정하고(시간이 충분하다면 금기시 된 선물을 뽑은 학생은 선물을 다시 뽑을 수도 있다) 그 이유도 설명한다.

7. 선물을 받을 학생은 그 선물을 받을 것인지 거절할 것인지를 결정하고 그 이유도 함께 말해본다.

도움말

1. [활동방법 1]에서는 최대한 학생들이 다양한 발화를 하는 데에 중점을 두는 것이 좋다. 학생들이 초대장에 있는 내용을 그대로 읽고 끝낸다면 실질적인 말하기 수업의 효과는 줄어들 수밖에 없다. 교사가 학생들의 다양한 발화를 이끌어내는 데에 초점을 맞추면 좋을 것이다.

2. 초대장을 만들기 전에 학생들이 원활하게 문장을 만들지 못할 것에 대비하여 교사가 그날 배운 문법을 활용한 초대장용 문장을 여러 개 준비해 가는 것이 좋다.

3. [활동방법 2]에서는 <활동자료 3>에 제시된 선물을 포함하여 많은 선물카드를 준비하는 것이 좋다. <활동자료 3>의 선물들은 금기시 되는 선물들을 다수 포함하고 있다. 보통 칼은 관계의 단절을 의미하고 우산과 손수건, 구두는 이별을 의미하기 때문에 잘 선물하지 않는다. 그리고 중국에서는 괘종시계가 죽음을 의미한다고 해서 잘 선물하지 않는다고 한다. 이 외에도 교사가 알고 있는 금기시 되는 선물이 있다면 포함해도 좋고 그렇지 않은 재미있는 선물을 다양하게 포함시키면 활동이 더욱 활발하게 이루어질 수 있을 것이다.

4. 사용가능문법

   ❶ 초급

   -어/아 주세요, -(으)ㅂ시다, (이)군요, -(으)ㄴ/는데, -(이)ㄴ데, -을/를 위해서

   ❷ 중급

   -(으)ㄴ 가/나 보다, 한 N도 안[못]~, -잖아요, -(으)ㄹ 뿐만 아니라, -뿐만 아니라, -(으)ㄹ 수도 있다, -(ㄴ/는)다면서요, -(ㄴ/는)-대요, -만 가지고는

01 **활동자료**

생일 축하 노래

생일 축하합니다.

생일 축하합니다.

사랑하는 _____(씨)

생일 축하합니다.

02 활동자료

_____씨를 초대합니다.

안녕하세요. _____이에요/예요.

_____

_____

❀ 날짜:

❀ 장소:

02 제안

기능과 화행 중심의 한국어 말하기 활동

데이트 신청, 승낙, 거절하기

학습목표	제안, 승낙, 거절 등의 표현을 익히고 사용할 수 있다.
활동형태	전체 활동
준비물	제안카드, 스케줄 표
사용가능 급	초급, 중급

 활동개요

본 활동은 제안의 표현을 익힘과 동시에 이에 대한 승낙과 다양한 거절 화행을 익히는 데 목적이 있다. 우선 제안에 대한 승낙과 거절의 전형적인 대화문을 연습해 보고 각각의 학습자들은 배포된 입장권, 관람권 등의 제안카드를 가지고 스케줄 표에 맞추어 제안·승낙·거절을 실제적으로 연습해 본다. 이때 급과 선행 학습정도에 따라 문형은 여러 가지로 형태로 바뀔 수 있다.

활동방법

1. 교사는 제안을 승낙하고 거절하는 대화쌍을 칠판에 쓰거나 준비한 보드를 게시해야 한다. 이 때 선행 학습 정도에 따라 문형을 조절할 수 있다.

승낙의 예   가 : 영화표가 두 장 있는데 같이 가시겠어요?

          나 : 언제예요?

          가 : 월요일 오후 7시예요.

          나 : 좋아요. 같이 가요.

거절의 예   가 : 영화표가 두 장 있는데 같이 가시겠어요?

나 : 언제예요?

가 : 월요일 오후 7시예요.

나 : 미안하지만, 월요일에는 다른 약속이 있어서 갈 수 없어요.

2. 교사는 학생들을 두 조로 나누고 한 조의 학생에게는 입장권, 관람권과 같은 제안카드를 한 사람당 2장씩 나누어 준다. <활동자료 1> 나머지 한 조의 학생들에게는 스케줄 표를 제공하여 제안에 대한 승낙과 거절이 이루어질 수 있는 조건을 준다. <활동자료 2>

3. 제안 카드를 가진 학생들이 스케줄 표를 가진 학생들에게 일일이 제안해 봄으로써 자신과 함께 갈 수 있는 사람을 찾는다. 이때 승낙을 받은 학생은 자신의 제안 카드를 상대방에게 준다.

4. 제안을 받은 학생은 자신의 스케줄 표를 참고하여 제안을 승낙하거나 거절한다.

승낙한 경우 제안카드를 받고 자신의 스케줄 표에 해당 요일에 약속한 사람, 시간, 할 일 등을 적어 놓는다. 거절한 경우 역시 제안자의 이름을 스케줄표에 표시해 놓는다.

5. 데이트 짝 찾기가 끝나면 교사는 제안을 받은 학생에게 각각 몇 번씩 제안을 받았는지 확인한다.

6. 이번에는 스케줄 표를 가진 학생들에게 제안의 기회를 준다. 그 방법은 다음과 같다.

❶ 짝을 바꾸고 싶은 학생(스케줄 표를 가지고 있는 학생)은 제안을 승낙할 때 받았던 제안 카드를 받은 사람에게 돌려주면서 거절 화행을 다시 한 번 연습해 볼 수 있다.

"미안하지만, ___어서/아서 갈 수 없어요."

❷ 5번에서 거절할 때 적어 두었던 학생의 이름을 참고하여 그 학생에게 제안해 볼 수도 있다.

❸ 스케줄 표를 가지고 있는 학생들은 제안 카드를 가지고 있는 학생에게 자신의 스케줄 표를 참고하여 데이트가 가능한 요일에 데이트를 제안한다.

이때 4번에서 제안을 받았던 활동으로만 제안할 수 있다.

❹ 처음에 짝을 찾지 못해서 제안카드를 두 장 가지고 있는 학생은 여기에서 거절과 승낙의 기회를 가질 수도 있다.

7. 교사는 활동을 마무리 한 후 짝이 된 학생들은 어디에 언제 갈 것인지를 발표해 본다.

도움말

1. 데이트짝을 찾는 과정에서 관람권을 가지고 있으나 짝을 찾지 못하는 학생이 생긴다. 교사는 이 학생들이 이미 한 장의 관람권을 가지고 있는 사람, 즉 같은 약속을 이미 한 사람에게라도 제안해 볼 기회를 준다.

2. 이 활동에서 중요한 점을 기본 문형 연습과 더불어 한국 사회에서 소통되는 거절 화행 연습이라고 할 수 있다. 따라서 가장 많이 통용되는 거절 화행으로 대표될 수 있는 '-어/ -아서, - 때문에' 등과 같은 문형으로 함께 할 수 없는 이유를 설명함으로써 납득시키는 화행 연습에 중점을 둘 수 있다. 이에 따라 교사가 '바빠서, 다른 약속이 있어서, 집에 일이 있어서....' 등과 같은 진실과는 어느 정도 거리가 있지만 화행으로 굳어진 표현들에 대해서 미리 언급한다면 더욱 의미 있는 한국어 연습이 될 것이다. (p44의 '약속잡기' 활동 참고)

3. 사용가능문법

   ① 초급

   -(으)ㄹ까요?, -(으)ㅂ시다, -지 맙시다, -(으)ㄴ/는데... -(으)시겠어요?, -어/아서, -기 때문에, -(으)ㄹ 래요?

   ② 중급

   -(으)ㄹ 까 하다, -(ㄴ/는)다(냐,라,자)는 말이다, -(으)ㄹ 래요?, -어/아 볼까요?

01 활동자료

 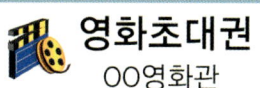  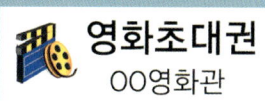

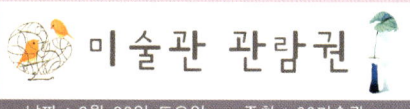 

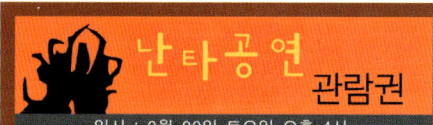 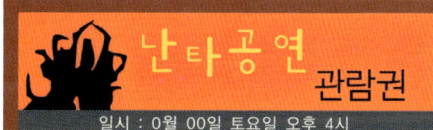

02 활동자료

월	X	화	X	수	X	목	X	금	X	토	○	일	○

월	○	화	○	수	X	목	X	금	X	토	X	일	X

월	X	화	X	수	○	목	○	금	X	토	X	일	X

월	X	화	X	수	X	목	X	금	○	토	○	일	X

월	X	화	○	수	○	목	X	금	X	토	X	일	X

월	○	화	X	수	X	목	X	금	X	토	X	일	○

월	X	화	X	수	X	목	○	금	○	토	X	일	X

월	X	화	X	수	X	목	X	금	○	토	○	일	○

02 제안

기능과 화행 중심의 한국어 말하기 활동

여행지 제안하기

학습목표	의견을 조율하고 협상하는 기능을 익힐 수 있다.
활동형태	전체활동, 조별활동
준비물	여행지 신문 광고 또는 교사가 제작한 여행 광고
사용가능 급	초급
소요시간	30분

활동개요

　본 활동은 여행과 관련되어 자신의 의견을 제안하고 상대방의 제안을 거절, 승낙하는 과정을 통해 의견을 조율해 보는 데 목적이 있다. 우선 여행에 대한 자신의 의견을 질문지로 작성함으로써 정리하고 교사는 이것을 바탕으로 의견 차이를 보이는 학생들이 한 조가 될 수 있도록 조를 짠다. 같은 조의 학생들은 서로 의견을 교환하며 제안·거절·승낙의 과정을 거쳐 의견을 조율하고 여행지와 세부사항을 결정한다. 그리고 가장 많은 의견이 반영된 학생이 조장이 되어 여행계획을 발표하여 활동을 마무리 한다.

활동방법

1. 교사는 학생들의 선택을 돕기 위해 잘 알려진 여행지를 소개한다.
2. 교사는 학생들에게 다음과 같은 질문지를 나누어 주고 학생들은 여행지를 정한 후 자신의 의견을 적는다. <활동자료 1>
3. 교사는 질문지를 회수한 후 여행지에 대한 의견이 다른 학생 2~3명이 한 조가 되도록 한다.

4. 교사는 한 학생과 제안·거절·승낙의 과정을 다음과 같은 대화문을 통해 의견 조율의 과정을 보여 준다.

> **예** 교사 : _____씨 우리 제주도에 갈까요? 〈제안〉
>
> 학생 : 아니요, 제주도에 가지 맙시다. 부산에 갑시다. 〈거절 / 제안〉
>
> 교사 : 부산에 가지 맙시다. 제주도에 갑시다. 〈거절 / 제안〉
>
> 학생 : 좋아요, 제주도에 갑시다. 〈승낙〉
>
> 교사 : 언제 갈까요?
>
> 학생 : 이번 주말에 갑시다. 〈제안〉
>
> 교사 : 다음 주 월요일에 시험이 있어요. 다음 주말에 갑시다. 〈거절 / 제안〉

5. 교사는 다시 개인용 질문지를 돌려주고 조별 질문지도 각 조별로 나누어 준다. 〈활동자료 2〉

6. 학생들은 자신의 의견을 같은 조의 학생들과 제안·승낙·거절의 문형과 표현을 사용하여 의견을 조율한 후 결정된 사항을 조별 질문지에 쓴다.

7. 조별활동이 마무리되고 조별 질문지에 있는 모든 사항이 결정되었을 때 교사는 **2.**에서 개인이 작성한 질문지를 다시 본인에게 돌려주고 각 조에서 누구의 의견이 가장 많이 반영되었는지 확인시킨다. 이 때 가장 많은 의견이 반영된 사람이 조장이 되어 전체 학생들에게 결정사항을 발표한다.

🖍️ 도움말

1. 초급 1수준의 학습자의 경우는 '-(으)ㄹ까요?', '-(으)ㅂ시다', '-지 맙시다'로 연습시키고 초급 2나 중급 수준의 학습자의 경우는 '-(으)ㄹ까요?', '-(으)면 어떨까요?', '-(으)면 되다', '-(으)면 안 되다', '-자'등으로 좀 더 현실적이고 확장된 문형으로 연습시킬 수 있다. 또한 사용되는 문법을 우회적인 제안표현과 상대적으로 강한 제안표현으로 나누어 '-(으)ㄹ까요?' 나 '-(으)면 어떨까요?', '(으)면 안 될까요?'등은 전자의 경우로, '-(으)ㅂ시다'등은 후자의 경우로 제시해 볼 수도 있을 것이다.

2. 이 활동은 특정한 문형과 표현을 통하여 제안과 협상의 기술을 익히는 것이 핵심이므로 학습자들이 조별활동을 하는 동안 교사는 협상의 과정이 잘 이루어지고 있는지 확인해야

한다. 또한 교사의 시범이 중요하다.

3. 교사가 각 조에서 가장 많은 의견이 반영된 사람을 특별히 부각시켜 주면 좀 더 흥미롭게 진행할 수 있다.

4. 사용가능문법

-(으)ㄹ까요?, -(으)ㅂ시다, -지 맙시다, -부터-까지, -(으)면 (안)되다', (ㄴ/는) -다(냐,라, 자)는 말이다.

01 활동자료

개인용

이름:	자신의 의견:
1. 어디에 갑니까?	
2. 언제부터 언제까지 갑니까?	
3. 무엇을 타고 갑니까?(기차/배/버스/비행기/자전거..... 걸어서)	
4. 어디에서 잘 겁니까?(호텔/여관/민박/텐트....)	
5. 돈을 얼마나 가지고 갑니까?	

02 활동자료

조별용

이름:	자신의 의견:
1. 어디에 갑니까?	
2. 언제부터 언제까지 갑니까?	
3. 무엇을 타고 갑니까?(기차/배/버스/비행기/자전거..... 걸어서)	
4. 어디에서 잘 겁니까?(호텔/여관/민박/텐트....)	
5. 돈을 얼마나 가지고 갑니까?	

MEMO

기능과 화행 중심의 한국어 말하기 활동

감정 표현

기능과 화행 중심의 한국어 말하기 활동

01 사과, 변명

기능과 화행 중심의 한국어 말하기 활동

사과하기와 변명하기

학습목표	상황에 맞는 사과와 변명을 할 수 있다.
활동형태	짝활동
준비물	상황카드, 주사위, 지시판
사용가능 급	중급
소요시간	50분

활동개요

  본 활동은 학습자들이 한국에서 처할 수 있는 다양한 사과와 변명의 상황에서 대처 가능한 발화를 익히는데 목적이 있다. 우선 교사는 다양한 사과나 변명의 방법을 예시와 함께 제시한다. 학습자들은 2명이 짝이 되어 교사가 제시한 사과와 변명을 해야 하는 상황이 적힌 카드를 선택한다. 그리고 이 상황에 맞는 사과와 변명의 방법을 주사위를 던져 정한 후 상황에 맞게 짝과 함께 대화문을 구성하고 역할극을 해 보는 것으로 활동을 마무리 한다.

활동방법

1. 교사는 사과와 변명의 다양한 방법을 설명하고 예시를 들어 학생들의 이해를 돕는다.
   다음 예시는 후에 학생들에게 제시될 <활동자료 1>의 <상황 1>의 경우이다.

예

사과와 변명의 방법	〈상황 1〉의 예
① 이유나 근거를 들어 이야기한다.	나 : 어제 너무 아팠기 때문에 학교에 올 수 없었어요.
② 자신의 의견 반영을 위해 다른 방법을 제시한다.	나 : 시험을 볼 수 없다면 과제를 더 내면 안 될까요?
③ 자신의 현재 상황으로는 불가능하다는 것을 이해시킨다.	나 : 이번에 시험을 보지 못하면 대학교에 진학할 수 없어서 고향으로 돌아가야 돼요.
④ 상대방의 말을 이해하기 어렵다는 것을 말한다.	나 : 선생님은 왜 안 해 주세요? 다른 선생님은 다 해 주시는데……
⑤ 상대방의 기분을 상하게 하는 비난의 말을 한다.	나 : 선생님은 왜 이렇게 불친절해요? 그러니까 학생들이 선생님을 싫어하는 거예요.
⑥ 자신의 잘못을 무조건 인정하고 상대방의 감정에 호소한다.	나 : 제가 정말 잘못했어요. 제발 한 번만 봐 주세요.

2. 학생들은 두 명씩 짝이 된다.

3. 교사는 두 학생에게 동일한 상황에서 역할이 나누어진 카드를 준다. 〈활동자료 1〉
   이때 ㈏는 ㈎에게 사과나 변명을 해야 하는 역할이다. 교사가 상황 카드를 제시할 때 학생들의 이해를 돕기 위해 설명을 해 주고 학생들이 마음에 드는 상황을 선택할 수도 있다.

4. 학생들은 각각 역할을 나누고 ㈏의 역할을 선택한 학생은 주사위를 던져 사과나 변명의 방법을 정한다. 〈활동자료 2〉

5. 각 조의 학생들은 정해진 상황과 사과·변명의 방법에 맞게 대화를 구성해 본다.

6. 구성한 대화문을 가지고 역할극을 해 본다.

도움말

1. 급에 맞는 어휘와 표현을 사용하여 상황을 만들되 학생들이 쉽게 처할 수 있는 상황을 고려해서 만든다. 따라서 교사가 각 반의 특성에 맞게 상황을 재구성해 볼 수도 있다.

2. 역할극이 끝나면 실제 상황에서 학생들은 어떻게 대처할지 자신의 방법을 각자 이야기해 본다.

3. 사용가능문법

-(으)ㄴ/는 체하다, -느라고, -(으)ㄴ/는 편이다.

01 활동자료

㉮

상황 1

당신은 담임 선생님이다. 시험날 결석한 학생이 있다. 왜 결석을 했는지 물어보고 학생의 재시험 여부를 결정한다.

㉯

상황 1

당신은 학생이다. 당신은 어제가 시험날이었지만 술을 마시고 잠을 자느라고 결석을 했다. 그러나 당신은 선생님에게 솔직하게 말할 수 없는 입장이다. 적절히 변명하고 재시험을 보고 싶다.

㉮

상황 2

당신은 옷가게 주인이다. 어제 한 손님이 바지를 사갔다. 좀 작아보였지만 손님은 만족해했다. 옷을 사면 절대로 교환이나 환불이 안 된다고 말했지만 어제 옷을 산 손님이 옷을 바꾸러 왔다. 그러나 교환할 수 있는 옷이 없었다. 당신은 옷을 환불해 주고 싶지 않다.

㉯

상황 2

당신은 손님이다. 어제 옷을 샀다. 옷을 사서 집에서 입어 봤는데 옷이 너무 작아서 입을 수가 없다. 그래서 옷을 큰 사이즈의 옷으로 바꾸러 갔다. 그러나 바꿀 수 있는 옷이 없었다. 환불을 요구했지만 환불을 해줄 수 없다고 한다.

㉮

상황 3

당신은 남자 친구에게 영화를 보러 가자고 했다. 그런데 남자 친구가 중요한 시험이 있어서 도서관에 가야 한다고 했다. 그래서 다른 친구와 영화를 보고 차를 마시려고 커피숍에 들어갔다. 그런데 그 자리에서 다른 여자들과 미팅을 하고 있는 당신의 남자 친구를 보았다.

㉯

상황 3

어제 친구가 미팅이 있다면서 가자고 했지만 여자 친구가 있기 때문에 거절했다. 그러나 친구가 사람이 부족해서 당신이 꼭 가야한다고 했다. 그래서 여자친구가 영화를 보러 가자고 했지만 도서관에 간다고 거짓말까지 하면서 미팅을 했다. 그런데 미팅 장소에서 여자 친구를 만나고 말았다.

㉮

상황 4

당신은 기숙사에서 살고 있다. 그렇지만 자취집으로 방을 옮기고 싶다. 당신은 보증금이 200만원이고 한 달에 30만원을 내야 하는 자취방을 찾았다. 그 집이 마음에 들었지만 돈이 모자랐다. 집주인에게 먼저 50만원을 주고 다음 주에 나머지 돈을 주기로 했다. 그런데 일주일 후에 가 보니 다른 학생이 그 방에 살고 있었다.

㉯

상황 4

당신은 집주인이다. 한 학생이 방이 마음에 드는데 돈이 모자란다고 한다. 학생은 50만원을 먼저 주면서 일주일만 기다려 달라고 했다. 일주일이 다 돼도 그 학생에게 연락이 없었는데 그 때 그 방을 마음에 들어하는 다른 학생이 있었다. 당신은 돈도 필요하고 연락을 기다리기 힘들어서 계약을 했다. 그런데 일주일 후에 선금을 낸 학생이 나타나서 화를 냈다.

㉮

상황 5

친구가 제주도 여행을 간다고 해서 디지털 카메라를 빌려 줬다. 이 카메라는 지난 생일에 부모님이 사주신 카메라이다. 그런데 친구가 바다에 카메라를 빠뜨려서 고장을 냈다. 정말 화가 났다.

㉯

상황 5

당신은 제주도로 여행을 가기로 했다. 그런데 디지털 카메라가 없어서 친구에게 빌렸다. 제주도에서 재미있게 놀다가 그만 디지털 카메라를 바다에 빠뜨리고 말았다. 카메라를 가지고 A/S센터에 갔지만 고치기 어렵다고 한다.

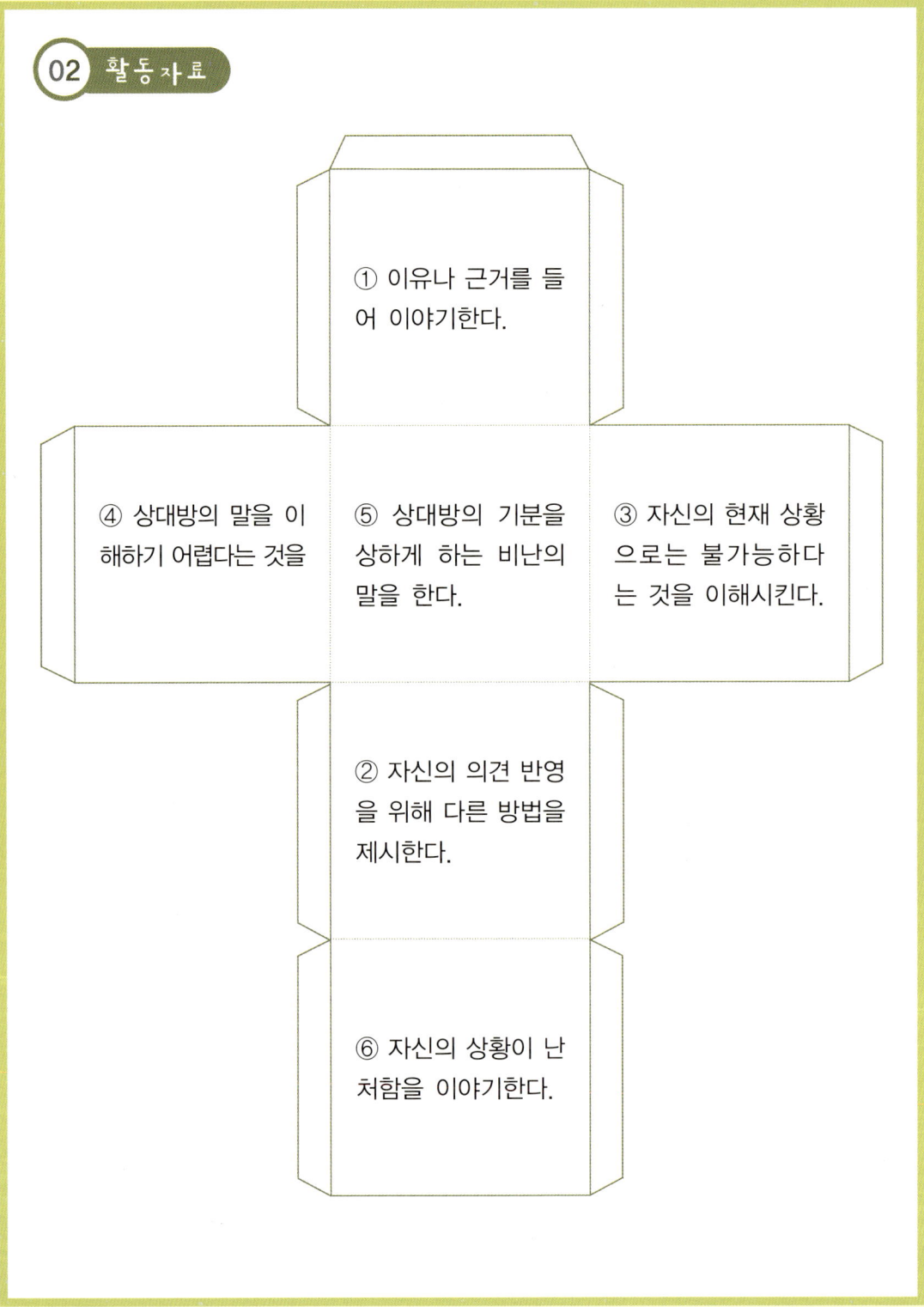

02 활동자료

① 이유나 근거를 들어 이야기한다.

④ 상대방의 말을 이해하기 어렵다는 것을

⑤ 상대방의 기분을 상하게 하는 비난의 말을 한다.

③ 자신의 현재 상황으로는 불가능하다는 것을 이해시킨다.

② 자신의 의견 반영을 위해 다른 방법을 제시한다.

⑥ 자신의 상황이 난처함을 이야기한다.

02 후회

기능과 화행 중심의 한국어 말하기 활동

후회 표현하기

학습목표	상황에 맞는 후회표현을 말할 수 있다
활동형태	전체활동, 조활동
준비물	<후회 상황 그림>카드&상자, <후회>카드
사용가능 급	초급, 중급
소요시간	50분

활동개요

후회상황은 누구나 언제나 처할 수 상황이지만 생각이나 혼잣말로 지나칠 수도 있다. 이 활동에서는 상황에 맞는 후회표현을 문장으로 만들어 적절하게 말해 보는 데 그 목적이 있다. 일상생활에서 느끼는 감정 표현 중에서 후회는 개인적인 것이지만 상황극으로 만들어 말하기 활동으로 이끌어 낼 수 있을 것이다. 우선 학습자들은 상황극을 만들기 전에 후회상황이 그려진 카드를 보고 상황에 대해 충분히 숙지한 후에 후회문장을 다양하게 만들어 본다. 그리고 조별로 상황을 선택하고 다양한 후회문장 중에서 하나를 뽑아 그것이 결론이 될 수 있도록 상황극을 만드는 것으로 활동을 마무리 한다.

활동방법

1. 교사는 <후회 상황 그림> 카드를 전체 학생들이 볼 수 있는 크기로 준비한다. <활동자료 1>

2. 그 카드를 학생들에게 보여주고 어떤 상황인지 이야기해 본다.

3. <후회 상황 그림> 카드를 준비한 상자에 붙인다.

4. 교사는 학생들에게 <후회> 카드를 각각 5장 정도 나누어 준다. <활동자료 2>

5. 학생들은 오늘 배운 문법을 사용해 후회 문장을 만들고 <후회>카드에 쓴 후에 자신들이 만든 <후회>카드를 해당하는 <후회 상황>상자에 각각 넣는다.

6. 학생들을 3~4명 정도가 한조가 되어 설정된 후회 상황 중에서 한 가지를 선택해 간단한 상황극을 만든다.

   이때 마지막 후회하는 말은 각 조에서 한 명이 상자에서 뽑는다. 그리고 뽑은 문장이 마지막 후회문장으로 나올 수 있도록 상황극을 만들어야 한다.

도움말

1. 교사는 <후회 상황>카드를 다양하게 준비할 수 있으며 학생들이 잘 알아 볼 수 있게 명확한 그림으로 준비하는 것이 중요하다.

2. 학생들이 작성하는 <후회>문장은 간단하게 쓰도록 하며 시간을 오래 끌지 않는 것이 좋다.

3. 상황극 역시 3~5분 정도로 짧게 시간 제한을 주어 지루하지 않게 한다.

4. 사용가능 문법과 표현

   ❶ 초급

   -(으)ㄹ 텐데, -(으)ㄹ 걸 (그랬다)

   ❷ 중급

   -었/았/어야 하는데(했는데), -(으)ㄹ 수 있을지 걱정이다, -(으)ㄴ/는/(으)ㄹ 줄 알면서도, -었/았으면 -었/았을텐데, -었/았더라면

02 활동자료

-.-;

-.-;

T.T ;

T.T ;

~.~"

~.~"

@@;

@@;

++;;

++;

기능과 화행 중심의 한국어 말하기 활동

설득과 권고

기능과 화행 중심의 한국어 말하기 활동

01 설득

기능과 화행 중심의 한국어 말하기 활동

선거 공약 말하기

학습목표	반장 뽑기 활동을 통하여 설득 화법의 기술의 연습할 수 있다.
활동형태	전체 활동
준비물	질문지
사용가능 급	초급, 중급

활동개요

이 활동의 목적은 'V-어/아 드리다', '-고자 하다', '-(으)ㄴ/는다면, -(으)겠습니다' 등과 같은 문형을 사용하여 자신 생각이나 의견을 표현하고 다른 사람을 설득하는 기술을 익히는 것이다. 학생들이 반장 선거 공약문을 바로 작성하는 것은 무리가 있으므로 교사는 준비된 질문지를 배포하여 답하게 한 후 그것을 바탕으로 공약문을 작성하도록 한다. 공약문 작성이 끝나면 실제로 반장이 되기 위한 후보 연설을 한 후 투표를 해서 반장을 뽑아 보는 것으로 활동을 마무리한다.

활동방법

1. 교사는 각자에게 질문지를 나누어 준 후 몇 가지 응답의 예를 제시해서 학생들이 다양하고 창의적인 응답을 할 수 있도록 돕는다. <활동자료 1>
2. 학생들에게 <활동자료 2>를 주고 질문지에 적은 답을 바탕으로 선거용 포스터를 만들어 보게 한다. 교사는 수업 전 날 미리 공지하여 자신의 사진을 준비해 붙이게 할 수도 있고 신문이나 잡지 등에서 마음에 드는 다른 인물 사진을 붙이게 할 수도 있다.

예

1. 이름

   안정호

2. 대표 공약

   내가 만약 반장이 된다면…

2. 질문지에 대한 응답과 포스터 제작이 끝나면 각자 제작한 포스터를 가지고 전체 학생들 앞에서 선거 유세를 하게 한다. 교사는 평소 교실의 수업 분위기와 투표 인원수를 고려하여 2인 1조로 제작하게 할 수도 있다.
3. 전체 발표 활동이 끝나면 학생들은 마음에 드는 학생을 투표용지에 쓴 후 제출하고 교사는 반장이 된 학생을 발표하고 활동을 마무리 한다.

도움말

1. 반장 뽑기 활동은 학습자의 수준을 고려해서 학생회장이나 대통령 뽑기나 가상의 회사를 만들어서 CEO 뽑기 등의 활동으로 확장할 수 있다.
2. 사용가능문법과 표현

   -어/아 드리다, -(으)ㄴ/는다면, -(으)겠습니다, -잖아요, 다고 하잖아요, -고자 하다, -는다고들 하다, -는 데 일생을 바치겠습니다, -(으)ㄹ 만하다

01 활동자료

■ 다음 질문에 대답하십시오.

가. 나의 장점은 무엇입니까?
나. 내가 반장이 된다면 우리 반 학생들을 위해서 무엇을 하겠습니까?
다. 어떻게 하면 우리 반이 공부를 잘 하는 반이 될 수 있을까요?
라. 어떻게 하면 우리 반이 재미있는 반이 될 수 있을까요?
마. 내가 반장이 되어야 하는 이유는 무엇입니까?
바.

02 활동자료

1. 이름

사진

2. 대표공약

01 설득

기능과 화행 중심의 한국어 말하기 활동

물건 팔기

학습목표	특정 상품을 홍보하고 설득할 수 있는 기술을 익힐 수 있다.
활동형태	짝활동, 전체활동
준비물	그림 카드
사용가능 급	초급, 중급

활동개요

이 활동은 특정한 물건에 대해 홍보해 보는 과정을 통해서 설득의 기술을 자연스럽게 익히고 연습해 보는 것을 목적으로 한다. 교사는 학생들이 홍보하게 될 제품이 그려져 있는 카드를 준비하여 배포하고 학생들로 하여금 그 제품에 대한 홍보글을 완성하게 한다. 이 과정은 개별활동보다는 짝활동이나 조활동으로 진행하는 것이 효율적이다. 또한 완성도가 높은 홍보글을 작성하기보다는 서로의 아이디어를 주고 받으면서 전체적인 흐름을 잡아가도록 하는 것이 바람직하다. 다음으로 전체 학생들 앞에서 제품을 홍보하고 실제로 그 물건을 팔아 보는 것으로 활동을 마무리할 수 있는데 이 때 경매의 방법을 응용하면 보다 흥미로운 분위기를 조성할 수 있다 .

활동방법

1. 교사는 학생들을 2~3명이 한 조가 될 수 있도록 나눈다.

2. 교사는 학생들이 홍보할 제품의 사진을 미리 준비하거나 잡지, 신문 등에 있는 상품 사진 자료를 활용할 수 있다.

3. 홍보문 작성에 도움이 될 수 있는 질문지를 배포하고 질문을 참고로 하여 각 제품을 홍보

할 수 있는 아이디어를 주고받게 한다. 이때는 완성된 홍보의 글을 만들기 보다는 아이디어를 주고 받으며 메모하여 말하기 발표 준비를 해야 한다. <활동자료 1>

예 홍보문 작성을 위한 질문지

1. 제품 이름은 무엇입니까?
2. 제품의 장점은 무엇입니까?
①
②
③
3. 이 제품은 어떤 사람이 사용하면 좋습니까?
4.

4. 발표가 끝나면 판매를 시작한다. 경매로 제품을 판매할 경우는 방법에 대해 간단히 설명한 후 경매 시작 가격을 정하고 시작한다.

도움말

1. 짝활동이나 조활동으로 홍보글을 작성하는 단계에서 완성도가 높은 글을 요구하면 자칫 말하기 발표의 질이 떨어질 수 있으므로 이 활동은 서로 의견을 나누고 메모하여 말하기 준비 과정이 되게 한다.

2. 물건 판매를 경매의 방식으로 정할 경우, 시작 가격은 반 학생들과 상의 후에 결정할 수도 있고, 제품을 홍보할 조에서 정할 수도 있다.

3. 사용가능문법

-지요, -(으)면, -(으)ㄹ 수록, -(으)ㄹ 만하다, -냐에 따라 다르다, -와/과 달리, -에 의하면, -는 데 일생을 바치다, -지 않겠습니까?, -는 다고들 하다, -어/아 보나마나

01 활동자료

■ 다음 질문에 답하십시오.

1. 제품 이름은 무엇입니까?

2. 제품의 장점은 무엇입니까?

①

②

③

3. 이 제품은 어떤 사람이 사용하면 좋습니까?

4.

01 설득

기능과 화행 중심의 한국어 말하기 활동

토론하기

학습목표	찬반 토론을 통해서 자신의 생각이나 의견을 정확하게 전달할 수 있다.
활동형태	조별 활동, 전체 활동
준비물	토론지
사용가능 급	중급
소요시간	50분(수업 전/후 활동 시간이 충분히 필요함)

활동개요

토론하기는 중급 이상의 말하기 숙달도를 가지고 있어야 할 수 있는 어려운 활동이다. 그러나 학문 목적의 한국어 학습자가 늘어남에 따라 학습자들에게 꼭 필요한 학습 기술이 되었다. 따라서 어렵지 않은 토론 주제를 가지고 학습자들과 함께 토론하기 연습을 하는 것은 설득하기 기능에서 필수라고 할 수 있다. 본 활동에서는 토론하기 활동을 수업 전, 중, 후 활동으로 나누어서 준비하고 토론하고 정리하는 활동까지 해 볼 수 있도록 하였다.

활동방법

1. 수업 2~3일전 학생들과 토론의 주제를 결정한다. 토론의 주제는 다양하게 정할 수 있지만 찬성과 반대로 의견이 분명하게 나뉠 수 있고 참고 자료를 다양하게 찾을 수 있는 주제가 적당할 것이다. <활동자료 1>

2. 학생들의 역할을 나눈다. 역할은 사회자 1명, 찬반 토론자와 청중 등으로 나눌 수 있다. 학생 수가 많지 않을 경우에는 모두 찬반 토론자가 될 수 있고 학습자 수가 많은 경우에는 찬반 토론자를 각각 2~3명쯤으로 정하고 나머지 학생들은 청중이 될 수 있다.

3. 역할을 나눈 후 학생들에게 각자의 역할과 준비해야 할 것들을 알려준다. 먼저 사회자에게는 토론 진행에 필요한 담화 표지 자료를 준다. <활동자료 2> 찬반 토론자들에게는 찬반 토론에 대한 근거를 준비할 수 있도록 도와준다. <활동자료 3>

4. 수업일이 되면 학생들의 주도로 수업을 진행한다. 토론의 대략적인 순서는 <활동자료 4>와 같다. 토론이 시작되기 전에 청중 역할을 하는 학생들은 질문지 <활동자료 5>를 받고 들은 내용을 바탕으로 질의응답을 진행한다.

5. 수업이 끝난 후 교사는 학생들의 토론 내용을 정리한 후 학생들의 말하기에 대한 피드백을 준다. 이 때 언어 사용 측면과 토론 기술 측면으로 나누어서 이야기해 주는 것이 좋을 것이다. 그리고 토론하기를 마친 학생들의 소감을 들어볼 수도 있다

🎨 도움말

1. 토론하기 수업이 학습자들에게 어려울 수도 있다. 교사가 토론에 최대한 관여하지 않는 것이 가장 이상적이지만 말하기 학습을 위한 토론이기 때문에 원활하지 않을 경우 교사가 토론 진행에 관여할 수도 있다.

2. <활동자료 4>와 같은 토론하기 순서가 제대로 지켜지지 않을 경우 이 수업은 무질서해지고 논지가 흐려질 가능성이 높으므로 본격적인 수업 전에 따로 시간을 내어 '토론하기' 방법에 대해 공부해 보거나 토론 프로그램을 시청해 보는 것도 좋은 방법이다.

3. 찬성과 반대의 역할은 자신들의 본래 의견과 상관없이 미리 정하여 그 주장에 합당한 근거 자료와 정보들을 준비해 오도록 하는 것이 원활한 토론 수업에 효과적이다. 찬성과 반대 측의 비율이 현저히 다르게 될 가능성이 있기 때문이다.

4. 학습자들이 사회자의 역할을 어려워할 경우 사회자의 역할은 교사가 대신할 수도 있다.

5. 토론 내용을 정리하는 쓰기 활동을 과제로 낼 수도 있다.

01 활동자료

분야	주제
경제	한국의 현 경제 상황에서 성장을 우선시해야 하는가, 분배를 우선시해야 하는가.
	부익부 빈익빈 현상을 막기 위한 다양한 경제 정책들로 인하여 개인이 재산권 행사에 제약을 받는 것이 정당한가.
법	사형 제도를 유지해야 하는가, 폐지해야 하는가.
	한국 사회에서 대마초를 합법화시켜도 되는가.
	안락사를 허용해야 하는가.
	동성 간 결혼을 법적으로 허용해야 하는가.
과학과 윤리	과학이나 의학의 발전을 위한 유전자 변형이나 인간 복제를 허용해야 하는가.
	과학이나 산업의 발전이 환경 오염이나 자연 재해 등의 문제도 해결해 줄 수 있는가.
사회	구직자들의 외모(키나 몸무게 포함)가 점수화되어 취업의 당락을 결정하는 것이 정당한가.
	공무원 시험에서 군 가산점을 부여하는 것이 정당한가.
	양심적 병역 거부를 인정할 것인가.
교육	교사의 체벌이 정당한가.
	외국어 조기 교육이 효과적인가.
문화	예술 작품의 검열이 정당한가.
	예술에도 등급이 존재하는가.(순수예술과 대중예술)
한국 문화 (비교 문화 차원)	한국의 여러 가지 서열 문화가 좋다고 생각하는가.
	한국에서 중요시하는 인정(人情)이 한국 사회 발전을 촉진하는가.

02 활동자료

단계	순서	담화 표지
도입	주제 소개, 찬반 토론자 소개	지금부터 -에 대한 토론을 시작하겠습니다. 찬성 측 토론자는 -씨이고, 반대 측 토론자는 -씨입니다.
전개	주제 발표	먼저 찬성(반대) 토론자 -씨의 주제발표가 있겠습니다. 시간 관계상 발표 시간은 -분으로 제한하겠습니다. 불편하시더라도 시간을 준수해 주시기 바랍니다.
	청중들의 내용 관련 질문	주제 발표에 대해 질문해 주십시오. 내용에 관련된 질문만 해 주시기 바랍니다. -분 이내로 질문해 주시기 바랍니다.
	토론자의 의견 제시	다음은 찬성(반대) 토론자 -씨의 주제 발표에 대한 반대 토론자 -씨의 의견을 들어보겠습니다. -분 이내로 말씀해 주시기 바랍니다.
	청중들의 의견 제시	다음은 청중들의 의견을 들어보겠습니다. 먼저 반대 측의 의견을 가지고 계신 분이 -분 이내로 의견을 말씀해 주시기 바랍니다. 그럼 이번에는 찬성 측의 의견을 가지고 계신 청중의 의견을 들어보겠습니다.
	토론자의 마지막 주장	토론을 정리하기에 앞서 찬반 토론자들의 마지막 주장을 들어보도록 하겠습니다. -분 이내로 짧게 말씀해 주시기 바랍니다.
마무리	사회자	지금까지 -에 대해 토론을 진행해 보았습니다. 먼저 찬성 측에서는 -라는 의견을 말씀해 주셨고, 반대 측에서는 -라는 의견을 말씀해 주셨습니다. 토론에 참여해 주신 여러분들께 감사드리며 이상으로 -에 대한 토론을 마치도록 하겠습니다.

03 활동자료

📒 발표 계획서

토론 주제			날짜		이름	
발표 주제문	주제문 :					

1. 도입 (분)	① 주제 소개 : 목적/의도	
	② 발표 순서 소개	

2. 본론 (분)	① 주장	
	② 제시할 근거	– – – – –

	③ 시청각 자료	종류	내용 및 제시 계획
		– –	

3. 결론 (분)	① 요약	

04 활동자료

단계	활동
도입	사회자의 토론 시작 선언
	주제와 주제에 대한 찬반 입장과 토론자 소개
전개	찬성 측의 주제 발표
	찬성 측의 주제 발표에 대한 청중들의 내용 관련 질문 및 답변
	찬성 측의 주제 발표에 대한 반대 측의 1차 논박
	반대 측의 주제 발표
	반대 측의 주제 발표에 대한 청중들의 내용 관련 질문 및 답변
	반대 측의 주제 발표와 1차 논박에 대한 찬성 측의 1차 논박
	반대 측 청중들의 논박
	찬성 측 청중들의 논박
	반대 측의 2차 논박 및 방어
	찬성 측의 2차 논박 및 방어
마무리	사회자의 주제 및 양측 입장 종합 정리

05 활동자료

 질문지

발언자	질문 유형	질문할 내용	답변 내용	해결 여부
①				
②				
③				
④				
⑤				

〈질문 유형〉
1. 내용을 잘 이해하지 못했다.
2. 내가 이해한 내용이 맞는지 확인하고 싶다.
3. 나도 같은 의견을 가지고 있다.
4. 나는 다른 의견을 가지고 있다.

02 요청

기능과 화행 중심의 한국어 말하기 활동

요청하기

학습목표	도움이 필요한 상황에서 다른 사람에게 요청할 수 있다.
활동형태	짝활동
준비물	그림카드
사용가능 급	초급
소요시간	50분

활동개요

  본 활동은 '-어/아 주세요', '-(으)면 안될까요?' 등과 같은 문형을 학습한 후 도움이 필요한 다양한 상황에 대처하여 말하기를 연습할 수 있도록 구성하였다. 또한 도움을 요청 받은 사람은 자신의 상황에 따라 요청을 들어주거나 요청을 거절할 수 있도록 하여 실제 의사소통 상황과 같은 말하기 연습을 하는 것이 이 활동의 목적이다. 학생들은 도움을 요청해야 할 상황이 제시되어 있는 그림 카드와 도움을 수락 또는 거절할 수밖에 없는 그림이 제시된 두 종류의 카드를 조별로 나누어 가진 후 서로 요청 화행과 수락, 거절의 화행을 연습하게 된다. 도움 요청이 필요한 그림카드를 가진 학생이 수락해 줄 수 있는 그림카드를 가진 학생을 만나면 활동은 마무리된다.

활동방법

1. 교사는 학생들을 두 조로 나눈다.

2. ㉮는 도움이 필요한 상황이 그려진 카드이고 ㉯는 문제 해결 그림이 있는 카드이다. 한 조에게는 ㉮카드를 다른 한 조에게는 ㉯카드를 각각 한 장씩 나눠준다. <활동자료1, 2>

3. ㉮카드를 가진 학생들은 바깥쪽 원을 만들고 ㉯카드를 가진 학생들은 안쪽 원을 만든다.

4. ㉮카드를 가진 학생이 움직이면서 도움을 요청하고 ㉯카드를 가진 학생들은 자신이 가진 그림카드가 요청과 맞을 때는 수락하고 그렇지 않은 경우는 거절하면 된다.

5. ㉮조의 학생들이 각자 가지고 있는 카드와 짝을 이룰 수 있는 ㉯조의 학생을 만나면 다음과 같이 이야기한다.

예 ㉮　　　　㉯

가: 가방이 무거운데 좀 들어 주세요.
나: 네, 제가 도와줄게요. / 제가 들어 드릴게요.

6. 만약 ㉮조의 학생들이 각자 가지고 있는 카드와 짝을 이룰 수 없는 ㉯조의 학생을 만나면 다음과 같이 이야기한다.

예 ㉮　　　　㉯　미약!

가: 가방이 무거운데 좀 들어 주세요.
나: 미안해요, 저는 도와 줄 수 없어요.

7. 자신의 요청에 맞는 카드를 가진 짝을 만나면 활동이 끝난다.

도움말

1. 도움을 거절할 때 단순히 "미안해요."가 아닌 보다 구체적인 이유를 들어 말하게 할 수 있다.

> **예** 가: 가방이 무거워요. 좀 들어 주세요.
>
> 나: 미안해요, 지금 중요한 약속 때문에 가야 해요. / 나: 미안해요, 제가 팔을 다쳐서 들 수가 없어요.

2. 사용가능문법

   ① 초급

   -어/아 주다, -(으)ㄹ게요, -(으)면 안 될까요?, -어/아도 되다

   ② 중급

   -는 길, -(으)ㄹ 수 있을지 걱정이다, -어/아 버리다, -고 해서, -(으)ㄹ 건가요?

01 활동자료

가 도움이 필요한 상황

02 활동자료

나 문제해결

03 조언

기능과 화행 중심의 한국어 말하기 활동

건강에 대한 조언하기

학습목표	병에 대한 증상을 말하고 그것에 대한 조언을 할 수 있다.
활동형태	짝활동
준비물	그림카드
사용가능 급	초급
소요시간	50분

활동개요

본 활동의 목적은 학생들이 흔히 경험할 수 있는 질병의 증상을 표현해 보고 그에 대한 치료 방법이나 의사의 처방을 이해하는 것이다. 이러한 기능을 학습하기 위해 가능한 활동방법을 두 가지로 구성해 보았다. [활동방법 1]은 학습자가 주어진 그림카드에 따라 증상을 이야기하고 그 증상에 맞는 진료과를 찾은 후 환자와 의사가 되어 역할극을 만들어 보는 것이다. [활동방법 2]는 한 학생씩 돌아가며 선택한 그림카드에 따라 건강 이상에 대해 이야기하고 다른 학생들은 치료법을 소개하는데 이때도 역시 학생들은 선택한 카드를 바탕으로 말하게 된다. [활동방법 2]는 흔하게 접할 수 있는 질병과 그에 대한 민간요법을 말해 보는 것이다. 따라서 주어진 그림카드 외에 각자가 알고 있는 치료법을 자유롭게 말해 볼 수도 있다.

활동방법1-초급

1. ㉮는 증상 그림이 있는 카드이고 ㉯는 진료과가 적혀 있는 카드이다. <활동자료1, 2>
2. 교사는 ㉮의 증상과 ㉯에 있는 진료과를 학생들에게 알려준 후 두 조로 나누어 카드를 나누어 준다.

3. ㉮카드를 가진 학생들은 환자가 되고 ㉯카드를 가진 학생들은 의사가 된다.

4. 먼저 ㉮카드를 가진 학생들이 한 명씩 증상을 말하면 그 증상에 맞는 ㉯카드의 학생이 다음과 같이 말하여 짝을 만든다.

> **예** 가: 저는 눈이 아파요. 어디로 가야 해요?
>
> 나: (안과 병원 카드를 든 학생) 우리 병원으로 오세요.

5. 짝이 된 두 학생은 각각 의사와 환자가 되어 다음과 같은 대화를 만들어 본다.

> **예** 의사: 어떻게 오셨어요?
>
> 환자: 눈이 아파서 왔어요.
>
> 의사: 언제부터 아프셨어요?
>
> 환자: 어젯밤부터 아팠어요.
>
> 의사: 눈에 약을 잘 넣고 쉬세요.

6. 대화상황이 완성되면 앞으로 나와서 역할극을 한다.

활동방법2-초급

1. ㉮는 증상카드이고 ㉯카드는 증상을 치료할 수 있는 다양한 치료방법들이다. 따라서 ㉮카드를 가진 학생들은 환자가 되고 ㉯카드를 가진 학생들은 카드를 가지고 환자에게 치료방법을 제시해 주어야 한다. <활동자료 3, 4>

2. 증상과 치료 방법이 적힌 카드는 조별로 나누어서 배포할 수도 있지만 특별히 조를 구분하지 않아도 활동에는 지장이 없다.

3. 우선 ㉮카드를 가진 학생 한 명이 증상을 말하면 그 증상에 적절한 치료법(㉯카드 중에서)을 가지고 있다고 생각하는 학생이 치료방법을 조언한다.

4. 그림카드 ㉯ 중에는 다소 엉뚱한 치료법도 포함되어 있으므로 증상을 말한 학생이 가장 적절하다고 여겨지는 치료법을 선택한다. 그리고 그 이유도 이야기한다.

활동방법3-중급

초급활동의 확장된 형태로 건강에 관련된 고민에 대해서 조언을 해 주는 활동이다. 그림이 아닌 간단한 상황을 이해하고 적절한 조언을 구한다.

1. 동그란 원형으로 학생들이 앉고 그 가운데 의자를 둔다.

2. 교사는 조언이 필요한 학생과 조언을 해 줄 학생을 나눈다. 조언이 필요한 학생에게 자신의 고민이 적힌 종이를 주고 그 내용을 숙지하도록 한다. <활동자료 5>

3. 고민을 숙지한 학생은 가운데로 나와서 앉는다. 그리고 자신의 고민을 이야기한다.

4. 고민을 들은 학생들은 고민이 있는 학생들에게 조언을 해 준다.

5. 고민이 있는 학생은 조언 중에 가장 마음에 드는 해결방법을 선택하고 그 이유를 이야기한다.

도움말

1. [활동방법 1]은 질병의 특별한 증상이나 병원 진료과에 대한 어휘학습이 되어 있지 않은 상황에서 진행하게 되면 학습자들이 어려움을 겪을 수 있으므로 각 기관에서 사용하는 교재의 주제와 연계하는 것이 바람직하다.

2. [활동방법 2]는 자주 경험할 수 있는 질병과 민간요법에 대한 것이므로 준비된 그림카드 외에 여러 가지 이야기가 자유롭게 오고 갈 수 있다.

3. 사용가능문법과 표현

   ❶ 초급

   -어/어도, 이/가 N-에 좋다「나쁘다」, -었/았으면 -었/았을 텐데, -(으)면 좋을 텐데, N부터, -어/아 보세요

   ❷ 중급

   -기는 하지만, -(으)ㄹ 걸요, -었/았을 걸요, -기만 하면 되다, -었/았더니, -다가, -(으)ㄹ 뿐이다, N 때문인지, N에 대한, -어/아야지요

가

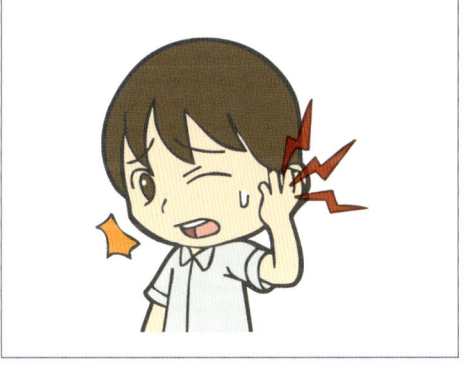

02 활동자료

나

내과	외과
피부과	성형외과
치과	소아과
동물병원	이비인후과
산부인과	정형외과

활동자료

가

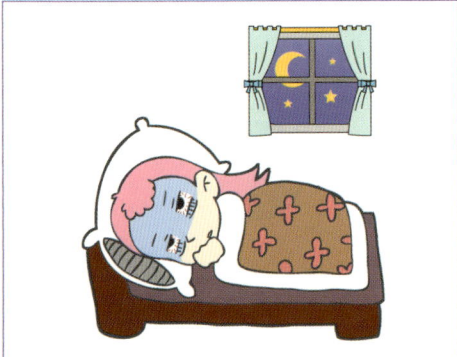

04 활동자료

 나

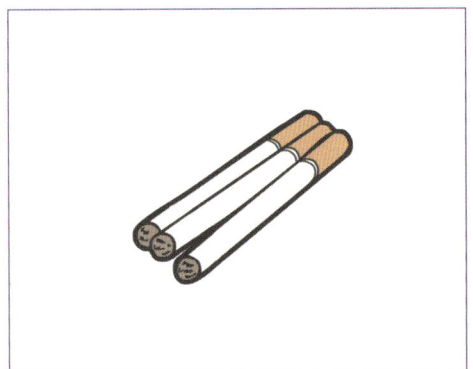

05 활동자료

나는 며칠 동안 잠을 자지 못했다. 아무리 자려고 해도 잠이 오지 않는다. 밤에 잠을 못 자니까 수업 시간에 잠을 자게 된다. 그래서 여러 번 선생님께 야단을 맞았다. 밤에 잠을 푹 자는 방법이 없을까?

요즘 입맛이 없어서 밥을 제대로 먹을 수가 없다. 살이 빠져서 좋기는 하지만 너무 어지럽다. 지난번에는 학교에서 쓰러질 뻔한 적도 있다. 입맛이 돌아오게 하는 방법이 없을까?

얼마 전에 여자 친구를 사귀게 되었다. 그녀가 좋아하는 일은 뭐든지 하고 싶다. 그런데 그녀는 내가 담배를 피우는 것을 싫어한다. 사실 담배를 끊으려고 한 적도 있지만 너무 힘들다. 건강을 위해서라도 담배를 끊고 싶은데 방법이 없을까?

나는 회사에 입사한 신입사원이다. 며칠 동안 계속 술을 마셨다. 회식 자리에서 상사가 주는 술을 안 마실 수가 없다. 그렇지만 몸이 너무 안 좋아지는 것을 느낀다. 회식에 안 갈 수도 없고 어떻게 하면 좋을까?

나는 몸무게가 96kg이다. 먹을 것을 보면 참을 수가 없다. 그런데 얼마 전에 내가 좋아하는 오빠가 나를 돼지라고 부르는 것을 들었다. 뚱뚱하기 때문에 예쁘지도 않고 걸을 때조차 숨이 찬다. 다이어트를 해서 살을 빼고 싶은데 쉽지 않다. 그리고 사람들에게 날씬해진 모습을 보여 주고 싶다. 어떻게 살을 빼면 좋을까?

03 조언

기능과 화행 중심의 한국어 말하기 활동

고민 상담하기

학습목표	일상생활에서 일어날 수 있는 실수나 문제에 대해 다른 사람에게 조언 할 수 있다.
활동형태	전체활동, 짝활동
준비물	종이, 엽서, 녹음기
사용가능 급	초급, 중급
소요시간	50분

활동개요

이 활동은 일상생활에서 일어날 수 있는 문제에 대해 조언을 하기 위한 것이다. 초급과 중급 활동을 나누어서 구성했는데, 초급활동은 rolling paper 형식으로 고민을 적은 종이를 같은 반 학습자들에게 돌려 적절한 조언의 글을 써 보고 발표하는 것이다. 마지막에는 역으로 학생들이 적어준 고민에 대한 조언의 글을 보고 다 같이 고민이나 문제를 추측해 보게 할 수도 있다. 중급활동은 학생들이 고민상담 라디오프로그램을 만들어 보는 것으로, 각자의 고민이나 실수 등을 라디오 프로그램에 보내 조언을 듣고 해결하는 것이다. 학생 중 한명은 라디오 진행자가 되고 나머지 학생들은 그 프로그램에 전화참여를 하는 형식으로 고민에 대한 조언을 하게 된다.

활동방법1-초급

1. 교사는 학생들과 일상생활에서 생길 수 있는 고민이나 실수, 문제점 등을 서로 이야기해 본다. (공부, 진로, 친구, 돈, 사랑, 부모님, 외모, 성격 등)

2. 교사는 자신의 고민을 적을 수 있는 A4크기의 종이를 준비한다. <활동자료 1>

3. 교사는 학습자들에게 각자 자신의 고민을 종이 상단에 적게 한 후 걷는다.

4. 교사는 걷은 종이를 무작위로 학생들에게 돌려 고민에 대한 조언을 한 문장 이상씩 적게 한다. 지루해지지 않도록 짧은 시간 안에 끝내도록 한다.

5. 교사는 다 작성된 종이를 걷어서 고민이 적혀 있는 부분을 오려 낸 다음 다시 무작위로 한 사람당 한 장씩 나누어 준다. 한 사람씩 돌아가며 조언의 문장을 읽어 보게 한 후 원래 적혀 있던 고민이나 실수, 그 밖의 문제 등을 추측해 볼 수 있게 한다.

6. 마지막에 종이의 주인을 찾아준다.

활동방법2 - 중급

1. 학생들에게 사연을 적을 수 있는 엽서나 종이를 나누어 준다. <활동자료2>

2. 자신의 고민이나 일상생활의 재미있는 실수, 문제 등을 쓰게 한다.

3. 학생들 중에서 라디오 진행자를 뽑는다. (1명~2명)

4. 라디오 진행자에게 학생들이 2.에서 작성한 사연을 주고 읽게 한다.

5. 진행자는 사연을 읽고 문제에 대한 해결책은 시청자 전화프로그램을 통해 찾음으로써 다른 학생의 참여를 유도한다. 이때 해결방법을 말하고 싶은 학생은 진행자가 사연을 읽은 후에 손은 들고 진행자는 그 학생에게 전화연결을 하는 형식으로 진행하면 된다.

예
> 진행자 : ~~~~~~~ 사연을 읽은 후
>
> 네.. 이런 문제는 어떻게 해결해야 할까요?
>
> 전화를 연결해서 다른 사람들의 조언을 들어 보도록 하겠습니다.
>
> ☎ 따르르릉, 따르르릉~~~
>
> 어디에 사는 누구십니까? 자기소개를 좀 부탁드릴게요.
>
> ↓

6. 라디오 프로그램형식의 말하기 활동이므로 실제로 녹음을 해서 활동이 끝난 후 함께 들어 보는 것도 좋을 것이다.

도움말

1. 고민이나 조언을 써야하는 활동이 있기 때문에 자칫 말하기 활동이 소홀해 질 수 있다. 따라서 쓰기 시간은 10분에서 15분을 넘기지 않는 것이 좋다.

2. 중급 '라디오프로그램' 활동에서는 실제감이 느껴질 수 있도록 분위기를 만드는 것이 중요하다.

   (시그널 음악, 프로그램 이름 정하기, 전화벨소리, 마이크 등...)

3. 사용가능 문법과 표현

   1 초급

   -(으)십시오, -지 마십시오, -어/아/해도 되다, -(으)면 안 되다. -아/어 보다, -지 않아요?, -(으)ㄴ/는 것 같다, -도록 하다, -지 그래요?

   2 중급

   아무리 -어/아도, -기는 하지만, -었/았으면 좋겠어요, -고 나서, N-(이)랍니다, -(으)ㄹ지라도, -(으)ㄹ까봐, -(으)ㄹ 테니까, -다고 치다, -다가 보면, -(으)ㄴ/는 법이다.

01 활동자료

나의 고민 : _____

_____

02 활동자료

To. _____

우표

03 조언

기능과 화행 중심의 한국어 말하기 활동

유학 생활에 대한 조언하기

학습목표	자신의 경험을 바탕으로 다른 사람에게 조언할 수 있다.
활동형태	전체 활동, 조 활동
준비물	설문지
사용가능 급	중급
소요시간	100분

활동개요

이 활동은 자신의 경험을 바탕으로 다른 사람에게 조언을 해 주는 표현을 익히는데 그 목적이 있다. 학습자들이 대부분 유학생이라는 점을 감안해 자신의 경험에 비추어 자신들과 같은 처지이거나 유학을 생각하고 있는 다른 학생들에게 조언을 해 봄으로써 조언에 필요한 문형을 활용해서 말해 볼 수 있다. 따라서 본 활동에서는 유학생활에 대한 설문지를 조별로 작성하고 결과를 구체적으로 수치화하여 다른 사람 앞에서 발표하는 공식적인 말하기를 연습해 볼 것이다. 그리고 나온 결과에서 고민이나 어려움, 문제점 등에 대해서 해결책이나 조언을 서로 제시해 볼 것이다.

활동방법

1. 교사는 학생들을 4~5명이 한 조가 되게 나눈다.

2. 학생들은 조별로 현재 각자가 느끼는 유학생활에 대해서 서로 이야기해 보고 설문조사 주제를 결정한다. 이때 교사는 주제를 학업, 친구, 연애, 진로, 경제 등으로 다양한 영역을 제시하여 조별로 주제가 겹치지 않게 유도해야 한다.

3. 조별로 결정한 주제에 맞는 질문을 10개 이내로 하여 설문지를 만든다.

이때 설문조사가 짧은 시간(20~30분) 안에 조사가 마쳐질 수 있도록 설문지의 내용은 되도록 간단하게 한다.

> 주제 : 학교생활
>
> 질문 : 1. 당신이 학교를 선택할 때 가장 중요하게 생각한 것은 무엇입니까?
>   ① 지역 ② 인지도 ③ 전공 ④ 학비 ⑤ 기타 (   )
>
>   2. 당신의 선택에 대해서 지금 얼마나 만족하십니까?
>   ① 매우 만족 ② 만족 ③ 보통 ④ 불만족 ⑤ 매우 불만족
>
>   3. 학교생활에서 가장 중요하게 생각해야 하는 것은 무엇입니까?
>   ① 수업 ② 친구 관계 ③ 학점 ④ 이성 관계 ⑤ 기타 (   )
>
>   4. 나는 학교생활을 잘 하고 있습니까?
>   ① 매우 잘함 ② 잘함 ③ 보통 ④ 잘 못함 ⑤ 매우 못함

4. 설문조사가 끝나면 질문별로 통계를 내어 발표하는데 간단한 그림차트나 그래프를 이용해 발표한다. 이때 각 조는 다른 학생들의 조언이 필요한 부분을 따로 표시하거나 칠판에 게시해 둔다.

5. 조별로 발표가 끝나면 발표 내용에 대해 질문을 하고 유학생활 중 느끼는 어려움, 고민에 대해 적절한 조언을 하거나 해결방법을 말해 본다.

  도움말

1. 이 활동은 설문조사 전 활동, 설문조사 활동, 설문조사 후 활동으로 나누어 진행된다. 그러므로 교사는 이를 고려하여 적절히 시간을 배부해서 활용할 필요가 있으며 원활한 진행을 위해 학생들의 역할 배분이 적절이 나누어졌는지도 점검해야 한다.

2. 설문 결과를 발표할 때 파워포인트를 이용할 수도 있다.

3. 설문지는 객관성을 갖추기 위해 10장 이상은 작성되어야 하지만 설문조사보다는 발표에 활동의 중점이 있음을 학생이나 교사는 잊지 말아야 한다.

4. 사용가능 문법과 표현

1 중급

-(으)ㄹ걸요, -었/았을 걸요, -었/았으면 좋겠어요, -다(가) 보면, -(으)ㄹ 테니까, -지 않도록, -도록 하세요, -다고 치다, -지 그래요?, -거든, -다고 해도

MEMO

기능과 화행 중심의 한국어 말하기 활동

가나다라마바사아차카타

문제해결

기능과 화행 중심의 한국어 말하기 활동

01 물건 사기

기능과 화행 중심의 한국어 말하기 활동

필요한 물건 사오기

학습목표	필요한 물건에 대한 정보를 가지고 물건을 사 올 수 있다.
활동형태	전체 활동, 짝 활동
준비물	흰 봉투, 1000 × 학생수만큼의 돈, 사고 싶은 물건 쪽지
사용가능 급	초급
소요시간	활동1 : 약 100분

 활동개요

물건 사기는 초급 단계에서 많이 하는 활동이다. 대부분 물건 사기에 필요한 상황을 만들어서 역할극을 하는 것으로 그 활동을 대신하는데 그렇게 하다 보면 활발한 활동을 끌어내기가 조금 어렵다. 그래서 여기에서는 물건 사기 활동을 좀 더 활발한 활동으로 만들기 위해서 실제적인 물건 사오기를 과제로 주고 그것을 해결하는 활동을 구성해 보았다. 수업 현장 주변에 물건을 사올 수 있는 곳이 다양할수록 좋을 것이다.

활동방법

1. 교사는 학생들에게 사고 싶은 물건이 무엇인지 물어 본다. 1000원 이내의 물건 중에서 필요한 물건을 조사한다. 학생들에게 대답이 잘 안 나올 경우를 대비해 예시 물건을 교사가 준비해 간다. 관제엽서, 김밥 한 줄, 지우개, 펜, 꽃 한 송이 등 1000원 정도의 이내에서 살수 있는 물건을 최대한 다양하게 정리해 간다.

2. 학생들은 흰 봉투를 하나씩 받아서 필요한 물건을 살 수 있는 1000원을 넣는다.

3. 1000원과 함께 학습자들은 사고 싶은 물건을 종이에 써서 넣는다. <활동자료 1>

4. 교사는 종이와 사고 싶은 물건 쪽지가 들어 있는 봉투를 모두 걷어서 큰 봉투에 넣는다.

5. 학생들은 큰 봉투에 들어 있는 봉투 중 한 개씩 뽑는다. 이 때 학생들이 혼자 물건을 사러가는 일을 부담스러워할 수도 있으므로 두 명씩 짝을 지어 물건을 함께 사러 갈 수도 있다.

6. 교사는 학생들에게 반드시 물건을 구입 후에 영수증을 받아서 영수증과 거스름돈을 봉투에 다시 챙겨 와야 함을 알려준다.

7. 작은 봉투를 뽑은 후에 학생들은 자신의 봉투에 들어 있는 물건을 확인하고 한 명씩 나와서 어디에서 살 수 있는지를 교사와 함께 확인한 후에 물건을 사러 나간다.

8. 학생들은 제한시간 내에 물건을 사와야 하고 돌아온 후에는 물건과 거스름돈, 영수증을 제시해야 한다.

9. 학생들은 한 팀씩 나와서 물건을 어떻게 샀는지 재연해 본다.

10. 산 물건을 앞에 전시해 놓고 한 명씩 나와서 처음에 자기가 썼던 물건과 함께 거스름돈, 영수증을 찾아간다.

도움말

1. 본 활동은 학습자들이 물건 사기에 대한 기본적인 회화 능력이 있다고 가정하고 만든 활동이다. 그러므로 학습자들이 사전에 전형적인 대화틀을 통해 물건 사기에 대한 말하기를 충분히 연습해야 할 것이다. 그렇게 하지 못했다면 활동 전에 학습자들에게 전형적인 대화틀을 주고 연습을 시키는 활동이 선행되어야 한다.

2. 마지막에 활동을 정리할 때 가장 먼저 물건을 사온 팀부터 가지고 갈 물건을 결정할 기회를 주어도 재미있게 진행시킬 수 있다.

3. 사용가능문법

-어/아 주세요. -고 싶어요, -(이)군요, 에 얼마예요?, 몇 N?, -(으)ㄴ/는데, -을/를 위해서

활동자료

_____을/를

사고 싶어요.

_____을/를

사고 싶어요.

_____을/를

사고 싶어요.

02 음식 주문

음식 주문하기

학습목표	식당에서 원하는 음식을 주문할 수 있다.
활동형태	전체 활동, 조별 활동, 짝 활동
준비물	음식 플래시 카드, 대화틀 연습지, 간판 양식, 메뉴판 양식
사용가능 급	초급
소요시간	활동1 : 약 100분

활동개요

　음식 주문하기는 매우 기본적인 기능이지만 초급에서는 필수적인 기능이기도 하다. 학습자들이 밖에 나가서 당장 음식을 사 먹어야 하는데 의사소통이 잘 안 된다면 불편을 느낄 수밖에 없다. 따라서 한국에서 흔히 먹을 수 있는 메뉴의 이름을 배우고 그것을 가지고 적절히 주문하는 방법을 연습하는 것이 학습자들에게는 꼭 필요할 것이다. 이 활동은 먼저 식당에 가서 주문을 하는 전형적인 상황을 조금 연습한 후에 소그룹으로 팀을 나눈다. 그리고 같은 팀에서 원하는 메뉴로 식당을 차린 후에 손님과 종업원이 되어서 역할극을 해 보는 활동이다. 학습자들이 좀 더 적극적으로 활동할 수 있도록 갖가지 종류의 음식을 섞어서 제공해 주는 것이 좋을 것이다.

활동방법

1. 교사는 학생들에게 좋아하는 음식을 질문한다. 처음에는 음식의 영역을 정하지 않고 질문을 해 가면서 한국 음식 중에서, 중국 음식 중에서 등으로 범위를 좁혀 나가는 것이 학생들의 대답을 유도하기에 더 좋을 것이다.

2. 학생들의 대답을 들은 후에 여러 가지 음식 플래시 카드로 금일 활동에 사용될 음식의 이름을 알려준다. 음식의 이름을 알려주되 음식의 종류에 따라 한식, 중식, 일식, 양식 등으로 유목화 시켜서 알려 주는 것이 더 좋다. 그래야 학생들이 메뉴를 짜서 가상으로 식당을 개업하는 데에 도움이 될 것이다. <활동자료 1>

3. 학생들은 음식점에서 할 수 있는 주문 방법을 제시된 대화문으로 연습한다. <활동자료 2>

4. 대화문 연습이 끝나면 2~4명을 한 그룹으로 해서 조를 만든다.

5. 각 조에서는 오늘 배운 음식 단어들과 자신들이 알고 있는 음식 이름을 이용해서 식당 메뉴를 결정하고 메뉴판을 만든다. 그리고 식당 이름을 정해서 간판을 만든다. <활동자료 3, 4>

6. 식당이 몇 개 만들어지면 한 조씩 돌아가면서 손님이 되어 여러 군데의 식당에 간다.

7. 식당에 가면 주인과 손님이 되어서 대화를 진행해 본다.

8. 교사는 돌아다니면서 학습자들의 발화에 대해 피드백을 해 주고 재미있게 진행되고 있는 팀은 학생들 앞에서 시연시킨다.

도움말

1. 매우 기본적인 기능이기 때문에 현장에서 사용하고 있는 주 교재에도 전형적인 대화문이 제시되어 있을 것이다. [활동방법 3]의 대화문 연습에는 주 교재의 대화문을 활용해도 좋다. 그러나 중요한 것은 교사가 개입하여 전형적인 상황이 아닌 돌발 상황을 만들어 보는 것이다. 학습자들의 흥미 유발에도 좋을 것이고 실제 상황에서의 순간적인 대처 능력을 키워주는 데에도 좋을 것이다.

2. 간판 양식은 되도록 크게 만들어서 진짜로 그룹에 붙여 주면 더욱 재미있는 활동으로 이끌 수 있을 것이다.

3. 학생들이 대화문을 연습할 때 교사가 개입하여 다른 상황도 많이 주고 즉흥적으로 상황에 대처해 보게 하는 것도 좋다. (주문한 음식이 안 되는 경우, 그 식당에 먹고 싶은 음식이 없는 경우 등)

4. 학습자들의 자리 배치는 다음과 같은 방법을 고려해 보는 것이 좋다.

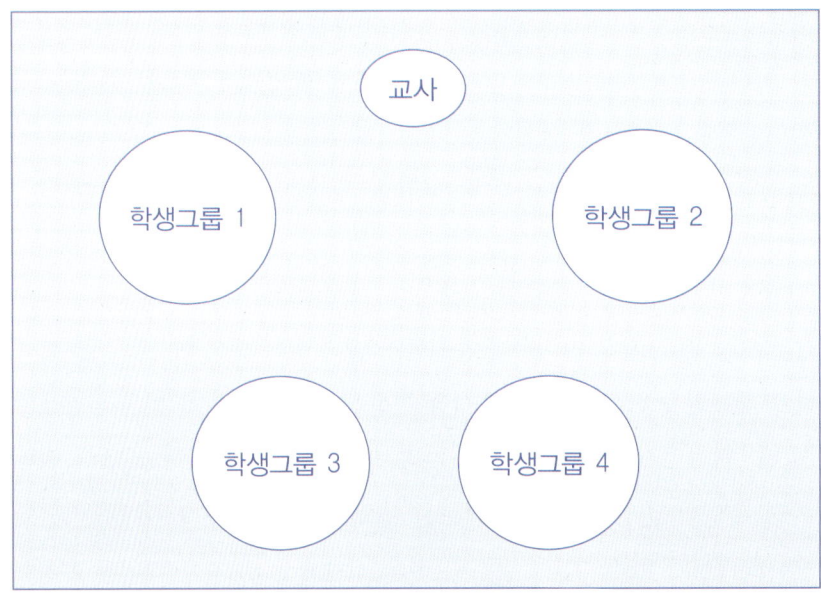

위와 같이 자리 배치를 한 후 벽에 간판을 걸고 돌아가면서 손님 역할을 하면서 역할극을 하면 효과적일 것이다.

5. 사용가능문법

❶ 초급

하고, 을/를 주다(드리다), (이)요, -고 싶다, -어/아 주세요

01
 활동자료

비빔밥	불고기	생선회	튀김
냉면	김치찌개	생선초밥	메밀국수
한식		일식	
자장면	탕수육	떡볶이	김밥
짬뽕	볶음밥	만두	라면
중식		분식	

02 활동자료

종업원 : 어서 오세요. 여기 앉으세요.

　　　　무엇을 드시겠어요?

손 님1 : 메뉴판을 좀 주세요.

종업원 : 네, 여기 있습니다.

손 님1 : _____씨, 뭘 먹을까요?

손 님2 : 저는 _____을/를 먹고 싶어요. _____씨는요?

손 님1 : 저는 _____을/를 먹고 싶어요.

　　　　아저씨, _____하고 _____ 주세요. (_____ N인분 주세요.)

종업원 : _____하고 _____요? (_____ N인분이요?)

　　　　알겠습니다. 잠깐만 기다리세요.

03 활동자료

식당 간판 양식

04 활동자료

MENU

음식 이름	가 격

03 전화하기

기능과 화행 중심의 한국어 말하기 활동

전화 통화하기

학습목표	전화로 필요한 이야기를 하고 예의에 맞게 받을 수 있다.
활동형태	전체 활동, 조별 활동, 짝 활동
준비물	활동지, 작은 상자, 임무 쪽지
사용가능 급	초급
소요시간	활동1 : 약 50분

활동개요

　전화하기는 학습자들이 매우 어려워하는 기능 중 하나이다. 전화의 특성상 비언어적 요소가 개입될 여지가 없기 때문일 것이다. 그러나 한국에서 생활하다보면 한국어로 전화를 받는 것은 매우 필요한 일이 아닐 수 없다. 또한 요즘에는 휴대전화가 보편화되면서 더욱 더 전화하기와 전화 받기는 중요한 기능이 되었다. 본 활동에서는 학습자들이 전화상에서 전형적으로 쓰이는 다양한 관용표현들을 학습하고 전화를 통해 다양한 지령을 수행해 보도록 한다.

활동방법

1. 교사는 자신의 휴대전화를 통해 전화 받는 모습을 보여준다. "여보세요."를 말하면서 학습자들에게 각국의 언어로 "여보세요."가 무엇인지 물어 보면서 흥미를 유발한다.

2. 학생들은 대화문을 통해 전화상의 전형적인 표현을 배운다. 전화를 제대로 건 경우와 잘못 건 경우로 나누어서 표현을 연습한다. 특히 전화를 잘못 걸었을 때 예의에 어긋나지 않게 바르게 대처하는 것을 연습해 본다. <활동자료 1>

3. 학생들이 어느 정도 연습을 마치면 실제적인 임무를 받는다. 학습자들이 혼자 하는 것을

부담스러워할 경우에는 두 명을 한 조로 하여 활동을 진행해도 무관하다. 임무는 쪽지로 제작하여 상자에 넣어 학생들에게 직접 뽑는다. <활동자료 2>

4. 학생들은 자신의 임무가 적힌 쪽지를 보고 자신이 알아내야 하는 정보가 무엇인지 확인한다. 학생들이 정확하게 이해했는지를 교사는 다 확인한 후에 학생들은 한 명씩 실제로 전화를 해 본다. 임무 쪽지 중 몇 가지는 잘못된 전화번호를 적어 놓는다. 그래서 잘못 걸었을 경우의 상황도 실제적으로 겪어 보게 한다.

5. 전화를 해서 각자 알아내야 하는 정보를 알아서 임무 쪽지에 적은 후에 교사에게 제출한다. 학생들이 모두 휴대전화를 가지고 있을 경우는 임무 쪽지를 먼저 교사에게 제출한 팀 순서대로 순위를 매길 수도 있다.

도움말

1. 학습자들이 적절히 활동을 수행할 수 있도록 교사는 지속적으로 통화 상황을 도와주어야 한다. 학습자들의 수준에 따라서 임무 쪽지의 내용을 조금 더 어렵게 해도 좋다. 조금 더 복잡한 임무 내용을 포함시켜도 좋다. 본 활동에서는 전화하기와 전화 받기의 가장 기본적인 틀과 관용 표현들을 연습했지만 통화 내용이 조금 더 복잡해진다면 중급 활동으로도 활용 가능하다.

2. 통화 중에 학생들이 수습하지 못하는 상황이 발생했을 경우 교사는 전화를 받아 학습 중임을 알리고 양해를 구할 수 있다.

3. 사용가능문법

   1 초급

   N(이)지요?, -어/아 주세요, 요?, -고 싶다

01 활동자료

A :	여보세요.
B :	여보세요.
A :	거기 _____이지요?

☞ 맞습니다.

B :	네, 맞습니다.
A :	저는 _____입니다. _____ 좀 부탁합니다(-어/아 주세요, -고 싶어요)
	·
	·
	·
	·
	·
	·
A :	감사합니다.
B :	네, 감사합니다.

☞ 아닙니다.

B :	아닙니다. 죄송하지만 몇 번에 거셨지요?
A :	거기 XXX-XXXX 아니에요?
B :	잘못 거셨습니다. 여기는 XXX-XXXX입니다.
A :	네, 알겠습니다. 죄송합니다.

02 활동자료

일본 대사관 전화 번호가 몇 번이에요? 114에 전화하세요.	중국 대사관 전화 번호가 몇 번이에요? 114에 전화하세요.	토요일에 박물관을 몇 시까지 구경할 수 있어요? _____에 전화하세요.	토요일에 미술관을 몇 시까지 구경할 수 있어요? _____에 전화하세요.
답 :	답 :	답 :	답 :
_____식당에서 30명이 같이 식사할 수 있어요? _____에 전화하세요.	_____서점은 무슨 요일에 쉬어요? _____에 전화하세요.	_____약국은 몇 시에 문을 열어요? _____에 전화하세요.	_____ 선생님이 지금 집에 계세요? _____에 전화하세요.
답 :	답 :	답 :	답 :

04 길찾기

기능과 화행 중심의 한국어 말하기 활동

길찾기

학습목표	찾고 싶은 목적지에 대한 안내를 듣고 이해하며 표현할 수 있다.
활동형태	전체활동
준비물	지도
사용가능 급	초급
소요시간	활동 : 50분

활동개요

　낯선 환경에 적응해야만 하는 외국인에게 가장 필수적이고 우선적으로 익혀야 하는 표현은 길 안내일 것이다. 찾고 싶은 목적지에 대해서 물을 수 있는 것도 중요하지만 지시를 알아들을 수 없다면 의미 없는 일이 될 것이다. 따라서 본 활동에서는 기본적으로 방향에 대한 표현을 익힌 후 길 안내에 대한 지시를 듣고 무리 없이 이해할 수 있도록 충분히 연습할 수 있는 방법에 주력하여 구성하였다. 본 활동은 두 단계로 구성된다. 먼저 교사가 학생들에게 위치에 대한 질문을 받고 대답하면 학생들이 길을 찾아서 위치를 찾는 활동을 한 후 학생들이 돌아가면서 자신의 집을 설명하고 그 집을 표시함으로써 최종적으로 지도를 완성하는 것이다.

활동방법

1. 학생들은 지도를 한 장씩 받는다. <활동자료 1>
2. 교사는 <활동자료 1>에 있는 건물들의 위치를 설명하고 학생들은 그 건물을 맞힌다. 이 연습은 길안내를 듣고 이해하기 위한 활동이다.

예 교사 : __1__ 에서 출발합니다. 첫 번째 사거리에서 오른쪽으로 가십시오. 왼쪽에 무엇이 있습니까?

학생 : PC방이 있습니다.

3. 2번 연습에 익숙해진 후에는 학생들이 직접 위치를 설명한다.

예 교사 : __1__ 에서 출발합니다. PC방은 어디에 있습니까?

학생 : 첫 번째 사거리에서 오른쪽으로 가십시오. 왼쪽에 PC방이 있습니다.

4. 교사 중심의 연습을 몇 차례 진행한 후에 짝활동으로 충분히 연습한다.

5. 연습이 끝나면 자신의 집을 지도에 그려 넣어서 확장된 길찾기 활동을 한다.

6. 학생들은 ㉮~㉵ 중 자신이 원하는 위치에 집을 그린다. 한 명씩 자신의 집의 위치를 설명하고 나머지 학생은 위치를 맞힌다.

7. 모든 학생들의 설명이 끝나면 지도가 완성된다.

도움말

1. 학생들에게 나누어 주는 것과 같은 지도를 크게 만들어서 전체 활동을 진행하면 효과적이고 다양한 표현 연습이 가능하다. 예를 들어 " __①__ 에서 출발합니다." 대신에 "저는 우체국 앞에 있습니다."로 바꾸어 연습을 할 수 있다.

2. 사용가능문법

-에 있다, -(으)로, -에서, -(으)십시오

01 활동자료

저자약력

조 성 문
한양대학교 일반대학원 국어국문학과 졸업(문학박사)
한양대학교 국어국문학과 교수
한양대학교 교육대학원 외국인을 위한 한국어교육 전공 주임교수

손 재 은
한양대학교 교육대학원 외국인을 위한 한국어 교육 석사
한양대학교 일반대학원 국어국문학과 국어학 박사 수료
건국대학교 언어교육원 한국어과정 강사

장 은 화
한양대학교 교육대학원 외국인을 위한 한국어 교육 석사
한양대학교 일반대학원 국어국문학과 국어학 박사 수료
한양대학교 국제어학원 한국어과정 강사

임 정 남
한양대학교 교육대학원 외국인을 위한 한국어 교육 석사
한양대학교 일반대학원 국어국문학과 국어학 박사 수료
한양대학교 국제어학원 한국어과정 강사

안 정 호
한양대학교 교육대학원 외국인을 위한 한국어 교육 석사
한양대학교 일반대학원 국어국문학과 국어학 박사 과정
한양대학교 국제어학원 한국어과정 강사

기능과 화행 중심의
한국어 말하기
활동

초판인쇄 2009년 4월 6일
초판발행 2009년 4월 15일

저   자 조성문·손재은·장은화·임정남·안정호
발 행 처 제이앤씨
등   록 제7-220호

주   소 132-040 서울시 도봉구 창동 624-1 현대홈시티 102-1206
전   화 (02) 992-3253(代)
팩   스 (02) 991-1285
전자우편 jncbook@hanmail.net
홈페이지 http://www.jncbook.co.kr
책임편집 김진화

ISBN 978-89-5668-704-9 03810   정가 14,000원